寶島閃爍

世界華文作家看臺灣

世界華文作家交流協會 編著

代序

世界華文作家交流協會應財團法人海華基金會吳松柏董事長之邀,到臺灣交流觀光一週;全團十六人包括世界四大洲、十個國家十三個地區的華文作家,形成了「小小聯合國」的作家采風團。

三月十六日歡迎晚宴上致謝詞時、我宣佈賦歸後每位作家都要提交作品,以備結集出版一部「世界華文作家看臺灣」的文選;當時的書名是心血來潮脫口而出,算是暫定罷。

采風團在臺北家美酒店借用會議廳召開座談會時,終於落實了投稿文選以三個月後為截稿期。中文秘書艾禺文友是新加坡華文作家協會的副會長、兼新華文學期刊編輯,是經驗豐富的人,因而託付她擔任繁重辛苦的文選主編。為了避免由於編輯文選工作過程中、諸如選稿及文字增刪等事項而讓文友見怪,我告訴她最後定稿任務由我負全責。如此、有了她協助經已減輕了文選編務的八成工作量了。

因個別作家延遲交稿、而使艾禺主編無法完成編輯作業,直到九月初終於收到了這部文選的電子版全書。後繼工作是先細讀作品、修正因文友敲鍵而打錯的字,更正某些邀宴單位名稱及出席代表的姓名,以及相片的文字說明等。

總算以最快速度在一週內完成了任務，當初暫定的書名變成副題，選集借用沈志敏作品題目：「寶島閃爍」定名。這冊文選收錄了十五位作家及隨團錄影記者的一篇感想。二十八篇作品中，有二十二篇散文、小說兩篇、詩作兩首、漢俳與記錄各一篇，可說是洋洋大觀的臺灣采風選集了。

　　作家們以不同題材將一週內見聞、對臺灣各地景點文物風情，舒情或寫意的將其獨特的感受化為文字，縱然是臺灣人也應展卷細讀，始可從中獲知海外華文作家們對寶島的觀感及描寫。

　　如洪丕柱教授的「目擊臺北3.18反服貿學運」的理性分析，荒井茂夫教授的「訪問美濃聯想客家文化特色」，對擂茶這門功夫有深入的介紹、這兩位學者的作品自成風格。沒有去過澎湖的讀者，可從婉冰的「碧海藍天擁抱澎湖」這篇細膩婉約的遊記中窺探小島的風姿。荷蘭池蓮子剛到臺灣，在桃園機場就受到了「致命一擊」，這篇作品中，表達了臺灣人極高的人文素質，路不拾遺的民風造就了臺北的奇蹟。

　　榮獲了無數文學獎的小說家沈志敏是初蒞寶島，從歷史淵源到當下的新景描述，交出了「臺灣閃爍」這篇幽雅的好散文。來自大陸湖南的曹蕙文友也是首次觀光寶島，「夢裡不知身是客」道出了海峽對岸作家對臺灣的好奇，臺灣人謙和有禮讓她留下了極深刻的好印象。

　　難能可貴的是隨團錄影記者、墨爾本澳亞民族電視台的鄭毅中台長，被迫出了「文化色彩特濃的臺灣采風團」這篇文字；生平發表的處女作、竟然和世界各國華文作家們的作品共

同入編這冊選集，這也是他應邀參加臺灣采風團當義工時所沒有想到的雅事。

其餘收錄的文章都各有特色，不但舒卷有餘情、也必將對如詩似畫的美麗臺灣留下難忘的念想。

這冊文選收錄的作品，雖無法含蓋全臺灣的風光文物，卻可說「麻雀雖小五臟俱全」，所呈現的內容算是多姿多彩了。當然也全是采風團作家們個人對寶島的觀感，頗值得關心與愛護臺灣的群體、臺灣人及海外廣大讀者們垂注。

敝人僅代表本會衷心感謝財團法人海華文化基金會吳松柏董事長的邀請、感恩本會名譽顧問林見松委員的協助促成。謝謝駐墨爾本經濟文化辦事處翁瑛敏處長與鍾文昌僑務秘書的大力幫忙，王桂鶯與劉國強兩位僑務委員的關心支持。感激華僑協會總會、文化部、外交部、僑務委員會及立法委員詹凱臣先生等的盛情邀宴。多謝鄭毅中常務顧問與林爽副秘書長全程錄影與拍照，隨團導遊黃益謙先生與美濃的黃森蘭（老爹）的講解，顏昌祚師傅駕駛大巴士的辛苦，艾禺主編本選集及婉冰校對全書的辛勞，均讓我們銘感於心，是為序。

二〇一四年九月十三日於墨爾本初春

目次
Contents

心水

　　心水、原名黃玉液、祖籍福建廈門翔安，誕於越南巴川省。一九七八年攜家眷逃亡，怒海賭命再淪落荒島驚魂三十日後，獲救到印尼難民營，翌歲三月移居墨爾本至今。

　　已出版十部文學著作、包括獲僑聯總會華文創作首獎的兩部長篇「沉城驚夢」與「怒海驚魂」，四冊微型小說、詩集和散文集各兩本。共獲臺灣、北京及澳洲等地十二類文學獎，並獲澳洲聯邦總理、維州州長及華社團體頒贈十六項服務獎，二零零五年獲維州總督頒發多元文化傑出貢獻獎。

　　三首詩作英譯入編澳洲中學教材、四篇微型小說入編日本三重大學文學系教材。作品被收入多部文學辭典。小說及詩作入編「澳洲華文文學叢書」。

　　現任「世界華文作家交流協會」創會秘書長、「世界華文微型小說研究會」理事。中國「風雅漢俳學社」名譽社長。

法鼓山開山紀念館

　　「世界華文作家交流協會」秘書處十六位成員，應「財團法人海華文教基金會」吳松柏董事長之邀，於公元二零一四年三月十六日到臺灣采風一週，廿二日作家們圓滿賦歸後；愚夫婦逗留多幾天去澎湖，回臺北的最後一天即三月廿六日，再由葉永明伉儷導遊、前往了九份、野柳等景點。

　　下午回程汽車開往金山的方向，永明兄忽然對我說，法鼓山道場就在金山區，是否想去參觀？聽到「法鼓山」即想起多年前，聖嚴法師大駕蒞臨墨爾本時，有緣前往摩納士大學禮堂，聆聽大法師開示。對這位學富五車、飽讀詩書留學日本的博士法師極為敬佩。隨即開心的回應永明兄，將車轉到法鼓路上。

　　上山道路中途、設立守衛站，汽車停下時護衛員告知、轎車不能隨便上山，要觀訪請下車等小巴接載。沒想到永明兄微笑對著年青的護衛員介紹，車內兩位客人是遠從澳洲來的作家呢，是否可通容？也真不敢相信，「作家」這個身份，竟然打動了那位年青人，將一塊掛牌通行證交給永明兄，告知下山後務必交還。

若非他一念慈悲，老朽今生也許就錯過了到法鼓山朝聖的機會了。感恩永明兄這位新朋友外，也感激那位年青守護員的通容。閒話表過，我們經已到了山上，停車後上樓，居然是直達「開山紀念館」。門外立著巨幅書法，兩個大字「開山」耀眼，下方是聖嚴法師撰述的「開山的意義」內容。

　　意外前來、真想不到一進入了法鼓山道場後，身心俱靜；與原先念想的一切佛教道場有所不同，四周都渺無聲響。現代化的建築、典雅的佈置，圖文說明與擺設，置身於尋根與發願區，承先啟後的了解法鼓宗的來源法脈。

　　往前行是「祖堂區」，文物展出是該宗派傳承譜系表，擺設了歷代祖師大德們的牌位，飲水思源與緬懷感恩前賢之心、觀訪者自會油然而生。

　　「人間淨土」思想的啟蒙者太虛大師、虛雲老和尚、曹洞宗法脈的東初老人、臨濟宗法脈的師承靈願老和尚；參觀了這四位大師生平、相關的文物一齊陳列展出，可了解法鼓山在佛教史上的淵源所在，這處被定名為「感恩紀念區」。

　　往右方穿過去，是了解法鼓山歷史以及該宗派理念的展區，圖文並茂詳盡的將該宗派的精神理念，一路前進及創新的軌跡；由開山、傳法等文物中，體會到法鼓山是以理念為核心，難能可貴處是因應新時代需要而推展環保教育的努力。

　　老朽觀看時、內心時時湧現了無法言說的感動。

　　移至前方，是聖嚴法師這位荷擔如來家業的當代大宗師生平事蹟；在這一展區內細細品讀被四眾弟子們尊稱為「師父」的聖嚴法師的文字開示，以及當年大法師於高雄美濃朝元寺閉

關時關房內的實景。內心頓湧起無名的親近念想，猶如法師的眼神從雲端上，儒雅微笑的凝視著我。

大法師為了實現「提昇人的品質、建設人間淨土」的弘願，創建了「法鼓山世界佛教教育園區」，用作永久推動心靈環保，促進世界和平的根據地。聖嚴大法師淬礪發奮一生，終於讓「法鼓山」揚名世界、接引各地人士與佛結緣、親近佛法，瞭解佛法。

臺灣正信佛教是寶島的瑰寶，宗教的軟實力傳播海內外；是當代高僧大德如星雲大師、證嚴上人、聖嚴師父、淨空法師等的無量功德所造就。不論是在國家的近代史或宗教史上，這幾位佛教的大宗師們，必然名垂千秋，流芳百世。

到了「流芳堂」菩提祈福區，牆壁上數位化的流水字幕、映現了所有參與創建法鼓山的僧俗四眾等護持者的芳名，表達了對護持者的無私貢獻感恩心。流水式的芳名不斷流轉，讓人感受到「開山流芳、菩薩在人間」的意義。

穿過了「流芳堂」後，展出的是一個個法鼓山榮譽董事的功德，透示出那些真正護法精神的事蹟，一個又一個匯聚護法願心的感人故事；一個姓名是一段因緣，這個功德堂充滿了感念感恩。利益人間，弘揚正信佛法，這些護法者所奉獻的功德，被銘記被展示被推崇，所謂實至名歸也。

紀念館的第八大展區是「特展區」，除了常設展外，每年不定期的會舉辦各項主題展，從不同層面展示法鼓山豐富多元的各類風貌。當天居然是「觀音菩薩特展」，讓老朽對千變萬化、千姿百態的大慈大悲觀世音菩薩有更深入的瞭解。

聖嚴法師一生修行觀音法門，由於觀音菩薩的靈驗，使法師獲得許許多多感應；而因法鼓山在三門上懸掛著「觀音道場」四字匾額。觀音菩薩的法身，並無定相，展出各式觀音菩薩寶相，其姿影幾乎都是至美至善的化身。

匆匆觀賞了「開山紀念館」的八大展區，除了感動外還是感動，對聖嚴法師這位大師父，滿心盈溢著佩服與敬仰之情。轉往大雄寶殿，高掛著大牌匾「大悲心起」書法揮毫，殿內明亮安靜宏偉幽雅，完全沒有一般廟宇的繚繞的香霧。現代正信佛教倡導環保的理念，早在法鼓山道場上貫徹。真希望澳洲及海外各地的華族廟宇、寺院道場等佛堂管理層與住持們、都能教導信眾們點燃「心香」，不再污染環境，不再讓信眾們吸入致癌的神香煙霧，那才是無量功德啊。

下山時，本想和那位護衛員拍個照，可惜他忙碌著，永明兄遞還上山通行證後，我們在黃昏將近時、朝臺北的陽金公路前往士林夜市。

（注：拙文部份資料參考自法鼓山開山紀念館的圖文單張。）

二〇一四年五月一日於墨爾本深秋

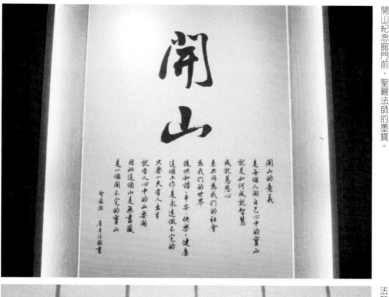

開山的意義
是每個人開自己心中的寶山
就是如何成就智慧
成就慈悲心
來共同為我們的社會
為我們的世界
提供和諧、平安、快樂、健康
這個工作是永遠做不完的
只要一天有人出生
就有人心中的山要開
因此這個開山是無盡藏的
是一個開不完的寶山

智嚴撰
聖嚴法師敬書

開山紀念館門前、聖嚴法師的墨寶。

法鼓山莊嚴寧靜的大雄寶殿、殿外高懸「大悲心起」揮毫。

左起葉永明、心水、婉冰、葉夫人。

右起葉永明伉儷與心水、婉冰夫婦合攝於澎湖古炮前。

美麗的寶島

——誠懇熱情的臺灣人

　　過去二十餘年、我先後三次應邀前往臺灣開會；在餘生旅行規劃裡，絕沒想到會再去寶島觀光？世事難料，去年蟬聯了第二屆「世界華文作家交流協會」的秘書長職位，領導著世界各國九十餘位華文作家的文學團體，總不能尸位素餐？

　　「世界華文作家交流協會」（簡稱世交會）在十六個地區都設有一位副秘書長，為了召開秘書處會議，總得尋覓適當的地點相聚。幾經思量、去歲將構想告知本會名譽顧問林委員見松兄，這位墨爾本前僑務委員、是熱心公益的知名大僑領，得悉後爽快的答應要尋找贊助機構。

　　「世交會」前年經已在歐洲荷蘭協辦過了一次「中西文化、文學研討會」，是創會後首次舉行的大型活動，取得極大的成功。在該國的池蓮子副秘書出錢出力，功不可沒。也與加拿大溫哥華市僑團協辦書展，由林楠副秘書長代表主持，先聲奪人，為本會打出了響亮的聲譽。

　　名譽顧問黃添福董事長、在本會創會時，經已許諾將邀請部份本會作家到閩南觀光；但前年因臨時決定假荷蘭舉辦研討會，故暫時押後閩南廈門之行。心想若阿松哥（墨爾本僑界對

林見松委員的親切稱呼）一時還找不到贊助機構，就率團去我的家鄉閩南采風。

交遊廣闊的阿松哥、是位地道的臺灣人，在他熱心奔走下終於獲得「財團法人海華文教基金會」吳松柏董事長的支持，於去年六月廿六日寄出邀請函給「世交會」，真是大喜過望，唯有再延遲前往閩南。吳董事長更於十月廿二日向本會寄出十七封邀請函（在中國的某教授因事無法參加），給此次「臺灣采風團」獲邀的副秘書長們暨秘書處同仁。

出發前、整個行程的安排、協調，幾乎都由「駐墨爾本臺北經濟文化辦事處」的鍾文昌僑務秘書操作，這位出色的秘書由於「世交會」的活動，額外工作而忙到不亦樂乎。當然、領導有方的翁處長瑛敏女史，出錢出力的林見松委員、王桂鶯委員、劉國強委員等，都花費時間連繫、關心本會組團事宜。出發前夕、翁處長更設宴歡送愚夫婦，隆情厚意令老朽銘感五內。

三月十六日中午，來自越南的謝振煜、荷蘭池蓮子、泰國曾心、昆士蘭洪丕柱、紐西蘭林爽、馬來西亞朵拉、美國周永新、東京華純等八位副秘書長與新加坡艾禺、雪梨方浪舟、墨爾本沈志敏、婉冰、鄭毅中、日本荒井茂夫、湖南曹蕙與心水等十六位文友，先後在桃園國際機場報到。並獲邀請單位接到家美大飯店入住、是夕歡迎晚會由「臺灣采風團」名譽團長林見松兄親自帶領團隊前往赴會。

獲邀出席歡迎晚宴的臺灣文化界知名人士有陳若曦教授、大詩人林煥彰、白靈教授、詩人方明、作家蒙天祥、前自由僑聲主編李文慶、大新倉頡輸入法研發人、宏全資訊董事長蘇清

得优儷。尚有前駐墨爾本經辦處的嚴克明處長、黃國柟主任（經已到雪梨文教中心履新）、僑委會副委員長呂元榮、尤正國總經理及楊佳泓先生等。

意外見到嚴克明前處長與黃國柟主任，老朋友重逢真是萬分高興呢。喜氣洋洋的歡迎宴，賓主盡歡中，彼此互贈紀念品後；心水秘書長邀請吳松柏董事長代表「世界華文作家交流協會」、頒發第二屆秘書處證書予在場的八位副秘書長、秘書處各職守成員們。十時許歡迎宴劃上句點後，阿松哥又親自陪伴大家回酒店，同時贈送每人一盒鳳梨酥，令大家笑逐顏開。

翌日的繁忙拜會後再乘火車南下，前後六天走遍了半個寶島呢。由於遇到學生抗議「服貿」包圍立法院事件，拜訪文化部時、錯過了與名作家龍應臺部長相見的機會，是此行美中不足的小小遺憾。

歡迎晚宴上，我在致謝詞時宣佈「世界華文作家交流協會」采風團的每位作家、都要交出至少兩篇作品，以備結集成書，暫定書名為「世界華文作家看臺灣」，獲得在場嘉賓們熱烈的掌聲。此構想無非是秀才人情的回報，林見松名譽團長最為開心，也一再表示必定鼎力支持。

第四次到臺灣，感受最深的是臺灣人的高素質、好品德、熱情與誠懇。風景再美麗，如果當地人素質差、冷淡無情，也會嚴重影響觀光客的心情。

讓首次蒞臨寶島的荷蘭副秘書長池蓮子大夫津津樂道的是，當她到達機場給我打電話時，竟弄丟了隨身的手袋；乘車半途猛然想起，即趕回機場，心想所有證件、機票、美金必將

全部失落了？頗感惶恐的回到機場櫃檯報失，沒想到廣播後就見到員警手拿她的手袋前來，查證身份確認是失主後就交還手袋、讓她失而復得。走遍世界多國的詩人池蓮子，到臺北給她第一個印象是好得不能再好了，她多次表達了敬佩臺灣社會路不拾遺的美德，說換到任何其他地方，她的手袋肯定丟失了。

　　廿一日大巴士回程前往三峽祖師廟時錯過了公廁，司機將車停在公路邊一個小停車場、就在「海堤」與「連和海產」兩塊大廣告附近讓大家下車，導遊說在廣告牌前方那家餐店方便吧？魚貫下車的作家們心存疑惑，都湧到了那家海鮮餐館；借廁所後再趕路，餐店林月老闆娘還特地提供紙巾給女士們。全團十餘人沒有消費一分錢，白用了該店設施，店主始終微笑著，全不計較這班過路人是否有消費？

　　大家莫不心存感激，想起前年「世交會」文友們在歐洲觀光時；借用餐廳廁所，每人要給五角歐元呢；而在臺灣的餐館，竟然慷慨大方的給予有需要的觀光客免費借用。現代都市的生意人，仍存著濃厚人情味的地方，真非臺灣莫屬了。

　　與神交近十年的蘇清得老師及夫人李孟璇、終於在歡迎晚宴上相見，老朽萬分高興；當晚蘇太太交給我兩張捷運車票和臺灣用的手機卡，如此細心、令我萬分感激。啟程前電郵往還、我向來稱呼蘇太太，當知我們將到臺灣采風，即說等我們離團後將當導遊。並說向來是將好朋友當成「家人」，心想世界上大概除了像她這樣的臺灣人，才會如此真誠的待友？況且、是神交而仍未謀面的朋友呢。

由於她的坦誠對待，與「家人」通訊，若不改稱呼就顯出我的不是了？老朽痴長她多歲，倚老賣老就以她的芳名相稱。二十二日采風團文友們賦歸後，晨早孟璇趕到家美飯店帶我們乘捷運去松山機場。抵達後才知她因公司業務繁忙無法分身，除了再三抱歉外，說特邀她二姐夫葉永明、二姐淑貞陪同我們去澎湖觀光三天。

　　在候機室、與我們素未謀面的葉氏伉儷出現了，孟璇為大家介紹後，送我們進了閘門，她才匆匆告辭。永明兄是從事建築業的師傅、因與婉冰同姓，顯得親切，幾天相處，真是一見如故。不但全程照顧、黃昏逛街購買水果、零食、甚至去享受足浴按摩，都搶著付錢。

　　回臺北的最後一天，永明兄更親自駕車、由太太及五姐一起導遊，帶我們觀光了九份、野柳、法鼓山觀音道場以及士林夜市。隆情厚意及真誠相待，誰能相信如此熱情的主人與被款待的客人，之前根本不認識呢？想起池蓮子文友在桃園機場失而復得、拿回丟掉的手袋後、感激的說：「除了臺灣，在世界任何地方，她的手袋肯定沒了？」世界上仍有如此多的好人好事的地方，如此誠懇熱情待人的族群，真個是除了臺灣人以外，那兒還能找到呢？

　　家美飯店櫃台值班的年青人、有位姓張的帥哥，總是笑容可掬的面對客人，兩次為我更換手機卡，任何時候向他查詢，總是極有耐心的服務，難能可貴的是那笑容，那種敬業樂群的精神，頗令人感動。

在外交部拜訪後發言，我說：「臺灣是當今承傳中華文化優良傳統的地方！」實在是發自我肺腑之言啊！臺灣的美麗，天下人皆知，但最美麗、最珍貴的是臺灣人的高素質與品德。能獲邀組團到寶島采風，見到那麼多美麗、誠懇熱情的臺灣人，實在是不虛此行呢。

二〇一四年四月十三日於墨爾本

心水與婉冰留下儷影、婉冰為了「高高在上」暗中站著木椅終於超越了丈夫。

❀ 婉冰

婉冰簡介

　　婉冰、原名葉錦鴻（Maria C. H. Wong），祖籍廣東南海西樵。

　　誕於越南湄公河畔，夫婿黃玉液（心水），育有三男二女。

　　一九七八年八月全家投奔怒海漂流十三日，淪落印尼荒島十七日、獲澳洲人道收留、翌年三月移居墨爾本至今。

現任「世界華文作家交流協會」中文秘書、「臺灣僑聯總會」海外理事會顧問、「墨爾本澳亞民族電視台」常務顧問。

　　著有散文集：《回流歲月》及《舒卷覓餘情》，詩集《擾攘紅塵拾絮》，微型小說集《放逐天涯客》等。

　　除文學創作外、尚愛好粵劇曲藝、曾粉墨登場演出折子戲。

獲獎項目

1996年北京海峽情徵文賽散文二等獎。

2004年南海鄉音散文賽一等獎。

2007年墨爾本市市長頒發「社區傑出貢獻獎」。

2009年澳洲新天地「我與澳洲」散文大賽三等獎。

2010年維州政府頒發社區服務獎。

2012年澳洲維州總督頒發多元文化傑出貢獻獎。

2013年臺灣僑聯總會華文創作獎小說類佳作獎。

臺灣采風速影

——漢俳詩二十首

世華辦采風
尋幽覓勝嘆匆匆
文友志趣同

寶島好風光
物豐人純路康莊
山水貫城鄉

臺灣多寶藏
中華文化播種忙
環宇新苗香

山綠湖水清
市容現代鄉鎮淨
民風重客情

慈湖謁蔣公
長廊疊翠通靈宮
遊客斂笑容

故宮人如鯽
舉步唯艱難呼吸
國寶無緣識

孔廟閒日靜
班駁古貌競新穎
誕辰香火盛

野柳奇石多
女皇膝下群臣坐
浪花迎風歌

九份古街長
兩旁攤販叫賣忙
土產零食香

溫室賞幽蘭
繽紛花色展艷顏
目迷卡門繁

澎湖即馬公
民風純樸海產豐
古厝鄉音同

砲台戰績功
猶存昔年風雲蹤
守護責任重

初訪養蠔場
浮筏隨波擺動忙
風送腥味香

數百年蒼桑
古榕延伸通四方
驚喜壽命長

馬公廟宇多
飛龍盤鳳穿雲過
壯觀賽異國

陽明山上遊
屋宇簡潔欠虛浮
蔣公居無求

佛光山遊觀
宏偉莊嚴顯氣象
詩畫思悟參

士林肩膀連
菜餚飄香饑腸纏
笑羨青少年

馳名日月潭
雨織輕紗霧迷漫
船盪波浪繁

迎賓彩色亮
衣群飄動灑微香
邀舞學模樣

二〇一四年四月十日於墨爾本

婉冰在日月潭渡輪入口處留倩影。

碧海藍天擁抱澎湖

　　世界華文作家交流協會應「臺灣財團法人海華文教基金會」邀請，於本年三月十六日組團赴臺灣采風，深深感謝邀請單位安排了非常充實的行程。十六位來自不同國家的文友能結伴同遊，度過一星期愉快和值得回味的美好時光。與舊友新知匆匆共聚，走訪臺北、臺中、臺南、高雄四地有名景點；我竟然破例，除了興奮外，竟沒有半點疲累之感，讓自己也頗覺得驚喜。

　　愉快的行程，就這樣轉瞬間溜走。二十二日清早，文友皆在餐廳相擁道別。心坎難免浮動著絲絲離緒，紛紛互訂重逢之期，我和心水為了沒法在門前相送而深感抱歉。因為我倆在澳洲時，已被「宏全資訊公司」蘇清得董事長伉儷邀請赴澎湖觀光。那天準九時，熱情真摯的蘇夫人李孟璇女士把我倆接走，趕赴松山機場，再度踏上她專為我倆安排的旅程。

　　客氣的蘇太太因公事忙，難以抽空，特意安排她二姐及姐夫相陪遊覽澎湖。他們雖是居住臺北，仍能保留人性本來的純樸。二姐名喚淑貞，姐夫是葉永明，葉姓同宗初見，所謂同姓

三分親，我們雖初識竟然沒陌生之感，一見如故。於是、由資深導遊阿倫帶領，在澎湖展開三天甚為悠然寫意的環島之旅。

澎湖原名「媽宮」，她像珠串般淡雅明亮，默默為美麗寶島添色。她共擁有六十四個肉眼可見的島嶼，自由地散佈在海域中，但真正能容納人們居住的只有十九個而已，據說初期的移民多是來自福建樟州和泉州。她像珠串斷線般，各自散落在美麗的臺灣海峽中，以純樸美態拱托著寶島。是中華民國最小的縣，也是其全國受管轄中的三個離島之一，人口約十萬零九百餘人。澎湖那一望無際的藍天碧海，像是位偉大的母親，其浩瀚懷抱，是養活著萬物的寶藏。她經歷造物者的巧手，隨着大自然日夕不斷風雕水塑，形成頗為稀有的景觀，展示世界難得的另類姿容。不論廁身在其任何角度，都能呼吸特別清新的空氣，沐浴在明媚溫暖的陽光下，使人感受無限舒暢自在。

置身離島的澎湖，並不是想像中落伍；雖然被環海圍繞，也非想像中物資短缺的窮鄉僻壤，處處皆呈現代化宏偉建築，衣飾雖簡樸但並未顯土氣。可愛的居民們素質很好，禮貌熱情且款客誠懇。縱觀大街小巷都有小商店林立，擺列澎湖著名土產，如紅糖糕、香脆芝麻魚乾，海帶、花枝乾、蝦乾、各類花生、、、等等海產，多不勝數，足令喜吃零食的我偷偷垂涎。島上居民生活非常悠閒，臉上展現是難於描述的滿足和安詳，讓性喜遐想的我，感覺是走進陶淵明筆下的「桃花源」般。澎湖雖然是遠離臺北，從其待人接物中，才知居民都享有良好的教育和健康衛生設備。

沿途導遊在介紹島嶼的景物，原來我等正處於馬公島，那島是由馬公、中屯、白沙、西嶼四大島所組成，故面積頗廣。四島嶼的連接之責，全由三座大橋相互貫通，就是「中正橋」「永安橋」「跨海大橋」，並非華麗雄偉的橋，竟負着如此重要任務。更讓我等驚訝和意外的是四面環海的島上，已開辦有小學三十九間，中學十四所，大學一間，真讓我深深感受到中華民國對新生代教育的重視，也足證其興辦國民教育非常普遍。雖然如此，仍有很多青年們，嚮往到繁榮的臺北求學或就業。

　　俗語說：「靠山吃山，近海吃海」，大概是靠海維生之故，居民多是信仰佛教。其大小廟宇是多不勝數，據導遊說大廟有幾十間，（搜查的資料網顯示是144間），小廟也有數百座，幾乎每一鄉村都有一或兩間。曾參觀部份廟宇，式樣古雅，建築雄偉。若要進廟禮佛，跨越門檻時，原來都有所規則定律，是右進左出。當日的我幾乎出洋相，幸好淑貞姐從旁指導。廟內見數棟擎天雙人抱不攏的圓柱，浮現金龍盤踞，栩栩如生的彩鳳飛翔，均極具古雅精巧的藝術價值，所供奉各方神靈，也是經專家細心雕塑的陶、銅、或礫金神像。

　　那座屹立在中央老街的「天后宮」即「媽宮」亦稱「媽祖宮」，是全臺灣歷史最悠久的一所古廟。據說是康熙廿三年被賜封為天上聖母，並特賜鑲嵌金面；因其庇護施琅順利攻佔了澎湖而立功。這所古廟經歷鹹水和風雨的侵蝕，漸漸破損，從1750年始，多次重修後，力求能保存其昔年舊貌。除了寶殿內慈眉善目，雍容和靄，巨型金面媽祖外，經歷四百多年的古廟，處處仍難免有脫漆或班駁的痕跡。這座信徒頗眾的古廟，

有藝術價值甚高的書畫、絕作、小品等等。正殿大門的花鳥屏風，三川殿等等，均富有極高的藝術觀賞價值。神龕左右的四幅裙堵小品，就擁有介紹王羲之、孟浩然、蘇東坡、杜甫四位古代大家的文人軼事。除此、竟未有過分的奢侈宏偉。大雄寶殿內外四周，皆僅廟門上的插雲且高高彎起的飛簷，依然設佈龍騰鳳舞盤踞，才能略顯天后地位的尊貴氣象。

澎湖海產豐富，種類繁多，彷彿是一個寶藏，有永遠淘捕不完的鮮魚活蝦。我們每天嚐試各類海產，堪稱大快朵頤了。看著那碟新鮮剔透的活生生花枝，真是又愛又恨；為了其含有過高的膽固醇，遲疑着未敢舉筷輕試，稍感遺憾。大概是此次日夕以湖為伴，讓本來懼海的我，不覺間也愛嗅那飄浮腥氣的空氣了。細語向外子訴說，下次造訪時，定要小住數周，好好餵飽那喜歡海鮮的胃腸。

所謂隔牆有耳，那精明的導遊竟像有順風耳般，立即又乘機會介紹說：下次各位若再來旅遊，應選擇新年的最佳時刻。原來該處的風俗，每年元宵所舉行的盛大慶典，是眾廟宇相約合辦抬轎遊行。由四十位青年抬轎互串大街小巷，沿途鑼鼓喧天，鞭炮競燃。還有筊杯比賽。（是在神像前許願，將兩塊圓錐形木塊擲地，若一圓一平才算勝杯）。誰筊得最多的即可獲一部轎車為彩頭，非常熱鬧。那時期的旅店、餐館皆門庭若市，殷勤接待來自臺灣各地及外國到訪的大批旅客而日夕笑逐開顏。

那天、萬里無雲，我們一團分乘兩艘小汽船，參觀養牡蠣場。當所乘汽船抵達湖中，我已有點心慌。男女導遊讓客人

踏上隨湖水搖動的浮筏，自我賞試捕魚或吊牡蠣之樂。湖面上呼呼吹起的那股強勁海風，劇烈搖搖盪盪的感覺，我已把碧水藍天混淆為一色，心魂也隨浮筏搖搖欲墜，幾乎跳脫體外，唯有灰白着臉請求先回船登岸了。好客的澎湖人已為我等發動烤爐，請旅客自烤嚐鮮，生蠔熟透硬殼爆開，蠔汁如箭噴射，使各旅客未食已沾身了，陣陣飄送的鮮味足夠引發饑腸。四周遼闊的廣場，並未空置，展示各種彩色鮮麗手工樸實的巨型種物，皆取材於牡蠣的外殼為料，盡廢物利用之能，又是讓我等佩服和欣賞另類藝術展覽。

　　限於三天行程，僅是匆匆走馬看花，但也不願錯過每一景點。僅一棵通樑古榕，立令我這澳洲劉姥姥出醜，還敢高聲大嚷「哇！來看呀，多整齊的榕樹林」。導遊忙糾正，這僅是一棵榕樹。對著這棵高齡已經三百年的榕樹老祖宗，真難想像竟堅毅地讓根深柢固的榕鬚延綿，伸展糾糾纏纏成棵棵粗壯的樹，有序排列成林。細心探索，前後各方細細查看，才明白是源出一棵老榕樹頭所成，年年月月的根鬚壯苗成長，悄悄相連糾結，成就了這使人驚嘆的奇觀，不禁感嘆大自然生生不息的堅毅生命力。傻癡的我又觸發奇想，若人類也能與根苗相互並存，活上二、三百年，子子孫孫代代相陪，該是何等幸福理想呢。

　　早期飽受越戰的驚嚇，又歷怒海餘生的僥倖，本來是談戰變色，竟然去參觀「西嶼西台」的「西台古堡」，這座清朝李鴻章所建的山字形堅固堡壘，記錄著臺灣海峽風起雲湧的歷史軌跡，擔負扼守馬公港的軍事重責。砲台在1885年重修，沿海岸線約320公里。石牆壁厚約一丈（我自忖猜），長廊都以拱門

式串連轉接，兩旁設有圓形或方的洞口，除了當作通風和透亮光外，也可在抗禦時用以遞送彈藥，擊敵或徹退時用。依然架著大砲的石山頂，威武地等待旅客拍照和讚賞，頗多雜亂的彈孔分佈山上石欄裡，正顯示昔年保家守衛國土的輝煌成績。

　　古色古香的二崁，本來可描述的不多，都是古老的民居。難得是那待客之熱情，遊人到訪，紛紛在門前臨時擺攤；叫賣杏仁茶、仙人掌果汁，地道甜糕等，慷慨且殷勤地讓客人試嚐。那誘人的陣陣飄香，且價廉物美，團友不禁要駐足採購了，都高高興興地消費一番。也造訪了「張雨生」和「潘安邦」這兩位澎湖出生的藝人，前者因車禍不幸英年早逝，另一位卻被病魔強迎去的歌手藝人。皆成澎湖居民驕傲和惋惜，尤其是潘安邦所遺留的「澎湖灣」，這首幾成了臺灣人都懂得哼唱的名歌了

　　時間雖匆促，像齊天大聖曾到此略遊的景點也很多，卻偷嘆未敢盡興稍留鴻蹤（鴻是本名）。略為駐足的像風櫃聽濤，山水沙灘，大菓葉柱狀玄武岩等，僅屬走馬看花而已，恕難詳述。還是讓敝人帶各位參觀內容豐富的「生物博物館」吧，該館佔地頗廣，其建築是新式且具時代化。每個題材都配以特別的科技，詳細介紹人、物、景，以澎湖居民的生活點滴；習慣、風俗、歷史、文化發展為核心。除此外還有海洋生態，農、漁、工、商，宗教等等，皆採用新科技並以立體動感展示，讓人們徹底瞭解澎湖島民的日常起居點滴。讓我動容的是兒女慶祝生日，定要向雙親碰頭跪拜，謝慈母懷孕期和生產時所受的種種痛苦，雙親教養成長大恩。至此我也深深反省和動

容，偷怨自己的禮數和家教均未夠妥善，除了結婚日對雙親叩首外，再沒行過謝恩禮了，同樣、也沒受兒女的跪謝酬恩。不禁對離島居民深感佩服兼感動，其仍然堅持根傳我國固有道德文化而衷心鼓掌讚嘆。

實在感抱憾，拙文未能詳細描述澎湖風景的自然美態，建議讀者還是親身造訪該島實地體驗吧。臨別時不禁再深深呼吸數口充滿自由的空氣，向視線所及可惜沒法登臨遊覽的各島嶼送上迷茫的目光致歉；又匆匆隨團趕赴機場，結束這次非常舒適愉快且大飽口福的澎湖之旅。除了深深感謝葉永明伉儷相陪和照顧外，更非常感激蘇太太的悉心安排，讓我倆享受如此美好舒暢的旅程。

二〇一四年五月於墨爾本深秋

林爽

　　筆名阿爽。原籍廣東省澄海市，1990年自香港移居紐西蘭後，潛心研究毛利文化；關心教育、熱衷環保。

　　曾任：紐西蘭華文作協第三屆會長／大洋洲華文作協首屆副會長

　　現任：紐西蘭中文先驅報「爽心悅目」版主／「世華微型小說研究會」理事／「世界華文作家交流協會」副秘書長兼網頁主編／「風雅漢俳社名譽社長。

　　曾獲獎項：首屆國際潮人文學獎／紐西蘭<英女皇服務勛章-QSM>／<增進中紐文化交流>獎牌／「海外優秀華文教育工作者」稱號／「紐西蘭職業華人成就獎」一等獎／「紐西蘭華文學會」頒授「中文寫作及翻譯比賽翻譯組」季軍-會長杯。

　　著有：《紐西蘭的原住民》、《紐西蘭的活潑教育》、《紐西蘭的名人傳》、《展翅奧克蘭》等中英著作十部。

我的寶島情緣

　　臺灣──是西方人眼中的「福爾摩沙」，對於來自香港的我，卻是個既遙遠又熟悉的美麗地方。我與她結下情緣四十載，她體態嬌小，人稱寶島！她溫柔似水，潤物無聲！

　　初次邂逅她，是在民國六十三年（1974）。那年聖誕節新婚渡蜜月，先生新購買相機內留下了我在阿里山、日月潭及愛河等名勝與秀美風景爭妍鬥麗的數百彩照。說起「愛河」，當年曾倚「永浴愛河」旁留影；確實自作多情。不知為何，那麼羅曼蒂克的「愛河」竟被譯成「IloveRiver-我愛河」？至今，幾許癡情男女仍一廂情願沉溺愛河。至於日月潭，早聞那是臺灣唯一天然湖，遊後方知美名淵源。沿湖四周群山環抱，潭水清澈見底；湖中有個小島叫「拉魯」，遠望仿似一顆明珠飄浮水面。以此島為界，北半湖狀如圓日，南半湖狀如彎月，因而得名「日月潭」。當年讚嘆之餘，即興寫下詩句：「日月潭擁抱著我、我心深埋日月潭」！那年初遊士林夜市，比我年長許多的姪女夫婦領著我們大快朵頤；遍嚐夜市攤頭小吃直至深夜方休。身處熙攘人群中，卻感覺秩序井然；暗暗艷羨臺灣是個「富而好禮」的社會，更佩服居民高素質的公民意識！

民國七十年（雞年春節），夫妻倆攜四歲長子首次外遊。莊嚴肅穆的中正紀念堂、故宮、臺北市中山公園、花蓮縣慈母橋等名勝，均留下親子三人歡聲笑語。難忘太魯閣鬼斧神工攝人魂魄、大理石堆砌成的高山鑄就幽谷深邃、萬仞插天奇觀；大氣磅礡令人歎為觀止！大峽谷底溪流涓涓、低吟淺唱；海拔千多米崇山峻嶺中，有原住民用血汗鑿出的蜿蜒山路，狹長峽谷中如風似濤的轟鳴，震撼了夫妻心靈，也新了稚子耳目！依稀還記得那天早上，兒子因貪玩而弄髒衣服，只好在黃昏回到市區後，逛百貨商場給他買了一套淺咖啡色兔帽套裝。那可愛套裝一直佔據他衣櫥裏，直到弟弟出生後仍捨不得轉讓；說臺灣是他的「初戀地」，有著最美好記憶。

民國七十六年（1987）暑假，為九七香港回歸作準備，學校派我到新竹縣國民學校參加港澳僑校教師培訓班；研習注音符號ㄅ、ㄆ、ㄇ三周。誰料開學首天，升旗禮上我就暈倒。被同學送到救護室，經校醫檢查才知已懷上小兒子。結果受訓二十一天，我成了受保護動物，深深感受臺灣老師及港澳同學的真誠關愛與照顧。回港後，繼續到香港中文大學校外課程部深造漢語拼音兩年，直到考試合格畢業；因此有人說我的普通話帶有臺灣口音。

民國八十六年（1997），我帶著未出生已到過臺灣的九歲小兒子到臺北，一來到出版社校對處女作《紐西蘭的原住民》，二來酬勞他為我新書繪畫紐西蘭地圖之功。那次每當華燈初上，母子倆總把「新光摩天大樓」當路標安全返回酒店。小兒子還迷上各種臺灣小吃，尤其是那碗色香味全、讓他飽足

一整天的牛肉麵更叫他畢生難忘！他對於臺北車站前那條南陽街上花花綠綠、鱗次櫛比補習店招牌更無比好奇，問我為何街名叫「南陽」而非「東陽」？又問我臺灣孩子放了學怎麼還那樣喜歡唸書？他哪裡知道街名大有來頭，經營補習店的人希望借「魚到南陽方得水」之地利，遂雲集於智聖諸葛亮高臥之地南陽街開補習店。孩子放學後有家歸不得，皆因他們父母望子、女成龍、鳳；期待子女從南陽街補習後都能「鯉躍龍門」。臺灣爸媽「萬般皆下品，唯有讀書高」理念，從此在他心中紮了根！

　　翌年（民國八十七年）8月1-7日，「世界華文作家協會」在「圓山飯店」召開第三次年會，期間秘書長符兆祥為我在「如意廳」安排新書《紐西蘭的原住民》發佈禮；我接受了「聯合報」記者曹銘宗訪問後，再上[藝文夜話]電視節目直播，分享撰寫新書心路歷程。會議結束後，我繼續留台兩天訪友購物；最後一天逛完南陽街「僑大書局」回酒店途中，因多天疲累後而中暑，竟暈倒在一家名為「歇腳亭」奶茶專門店外。幸得店主鄭凱仁先生與茶客張美玲、林淑君小姐及時相救，並親自護送我回酒店。如此這般我在臺北市結下一段難忘情誼，對臺灣一般百姓的樂於助人精神更留下深刻而良好印象。

　　民國一百年（2011），再次參加「世界華文作家協會」四天三夜在高雄大樹縣佛光山舉行的第九次年會。期間還與千僧過堂，修心養性長見識，體現了感恩惜福、慈悲平等、知足節約、內觀自省、綠色環保等佛教理念；也讓我重溫先父「食不語、寢不言」的遺訓。

今年（民國一百零三年），春光明媚三月天，杜鵑花開遍陽明山；我故地重遊。扛著的是「世界華文作家交流協會」旗號，我的萍果綠平版電腦（ipad）中，滿載了四大洲十個國家共十六位男、女文友應邀採風的歡樂身影與遊記資料。難忘當天到步後已近黃昏，認識十多年的好友，也是臺灣著名影評人吳孟樵小姐早就等在酒店，把從「中華日報」代領的數千台幣稿費交到我手上。同房文友羨慕我一到臺灣免去兌換麻煩就有零花錢，那一刻我特感友情珍貴也溫馨！

　　七次遊臺，留下情意纏纏綿綿……

　　如今，我的寶島情緣有增無減，那裡有患難之交始為真的摯友，也有值得我懷念牽掛的人與事；而我在寶島留下的雪泥鴻爪也越陷越深！

寫於2014年4月

林爽（左）與越南謝振煜、墨爾本婉冰合照。

浮光掠影憶寶島

「世界華文作家交流協會」臺灣採風團後記

　　旅遊的神奇意義之一是瞭解別人，也為了更懂得自己，不但增廣見聞；更是深入民間體驗當地民生良機，絕非只在景點前擺V手到此一遊那麼膚淺。難怪美國小說家亨利米勒說：「旅遊者目的並非一個起點，而是看待事物新方式」。至於采風更是為瞭解各地民俗風情，歷史淵源和人文價值而進行的文學活動。

　　都說寶島景色秀麗旖旎，雖曾多次旅遊觀光；可是文學采風卻屬首次。此次「世界華文作家交流協會」采風團所到之處，均受到有關單位熱情接待，吃的是山珍海味、住的是高級飯店、看的大都是臺灣美好的一面。特別感謝會講粵語的司機顏昌祚先生一周辛勤勞動，開著編號012-YY全新旅遊車，讓文友們出入平安；舒舒服服開眼界、長見聞，留下那麼多浮光掠影美麗回憶……

環保理念新見聞

對於臺灣的環保意識早有所聞。猶記采風團到臺後第二天（3月17日）傍晚，參觀真理大學經淡水老街途中，身後突然飄揚起陣陣貝多芬《致愛麗絲》活潑輕快音樂聲。心想：怎麼紐西蘭的賣霜淇淋車也來了臺灣？回頭一看卻是一輛垃圾車，若干團友見狀更饒有興緻爭相追拍「音樂垃圾車」。

我正舉起iPad，忽見附近居民人手幾袋，列隊路邊安靜等待垃圾車到來收集。我抬頭瞥見垃圾車身上那宣傳標語：「垃圾分類做得好，子孫生活才美好」，想起「紐西蘭華人環保教育信託基金」也有「今天我們齊環保，明天生活更美好」的口號，回頭再看臺灣垃圾分類的仔細，暗暗欣賞讚嘆，至今難忘！

第五天（3月20日），我們於「水社朝霧碼頭」乘搭「新日新三號」遊覽「日月潭」。一路上但見波光瀲艷，粼粼湖水上偶而飄著片片綠地；猛然想起，那可能是日月潭高山族同胞

放置的浮田。聽說聰明的原住民常利用竹排或膠筒編成大片浮台，上面種滿花草以吸引潭中的奇力魚或曲腰魚產卵。因日月潭水位落差較大，浮田可避免抽蓄水力發電運作時魚卵被沖失的機會。這些田有如人工濕地上的生物島，既可種植又可淨化水質，維護生態環境。的確啊！人類再不善待地球，愛護環境；必將自食惡果淪落為「地球難民」。此番我故地重遊，親眼目睹這些環保理念新見聞，深感臺灣民眾高素質自覺性，實與環保國紐西蘭居民不遑多讓！

日月潭浮田與水上人家居所

士林官邸鳥語花香

臺灣不大，到處是高低起伏曲折道路。采風團從臺北到新莊、臺南到慈湖，經過滿山桐花樹的三峽、鶯歌……要是沒有接待單位事先妥善安排，我們的小壯舉肯定沒那麼完美！匆匆六天環島遊，文友們絕非上車睡覺，下車「唱歌」那般無聊，而是到處細心蒐集寫作素材；用心看花、用情看景，飽覽寶島萬種風情！我們那位見識淵博的領隊黃益謙先生更常以「觀瀑布、聽泉軒、化妝室」來形容男、女洗手間；每次到點也總不

忘幽默提醒大家好好把握時間化化妝、聽聽泉。

　　到臺北的遊客大都喜歡逛夜市，尤其愛在華燈初上時份親身體驗車水馬龍的風情與小吃。據說發明偵測器測得宇宙大爆炸後的重力波，有機會奪得諾貝爾獎的臺灣科學家郭兆林，居然為了加州的臺灣美食較道地，拒絕了哈佛而接受史丹福教職。可見寶島小吃多麼叫人留戀！

　　這回我們到士林沒逛夜市，卻在明媚朝陽陪伴下遊覽了清幽雅靜計程車林官邸。女文友們在蔣宋美齡最心愛的玫瑰園裡漫步聊天，鳥語花香中，觀賞溫室內琳琅滿目蘭花展，深深體會何謂花團錦簇、賞心悅目！據說蔣公與夫人最愛飼養文鳥、小黃鶯；工餘還愛倚池餵魚，而宋美齡這位惜花美人，既愛玫瑰牡丹也喜梅花；不難想像她與蔣公儷影雙雙於花園問鳥訪魚，蔣花植樹那種悠然自得舒心雅趣。蔣公做禮拜的教堂「凱歌堂」、懷念他母親所興建的「慈雲亭」統統被我收入ipad。那天剛好趕上3月14日-30日舉行的「2014士林官邸玫瑰展」活動；文友都成「過江之鯽」。特別欣賞園林中那個雙蛇圍成的心型花圃，仿彿訴說著蔣公伉儷生前心心相印鶼鰈情深。多年前官邸已撥給臺北市政府，目前已成臺北市民喜愛的假日好去處，也是海內外遊客必遊名勝之一。

　　午餐前安排參觀故宮博物館，我因曾到訪三次而興趣不大。何況一小時內根本無法看完過萬件珍藏玉器、國寶。拜中國大陸開放同胞自由行之賜，只見樓上、樓下黑壓壓一片，人山人海萬頭鑽動，空氣混濁呼吸困難；索性放棄排隊與幾位文友在館外廣場聊天打發時間。

佛光山上再沾法喜

　　第三天早飯後，文友一行十六人隨著領隊徒步去到臺北左營站，乘坐高鐵0119車次往高雄大樹區佛光山。據接待我們的覺莊法師介紹，佛光山目前有一千名派駐各地的法師。說來有緣也有幸，我自2011年底認識了永海法師後；一直與她在FaceBook（臉書）保持聯繫，還先後收到她寄送的「佛光菜根譚」全套及「人間佛教」兩冊。每晚燈下細讀至理名言後，總帶著愉悅心情酣睡入夢。

　　那年因參加「世界華文作家協會」舉行的第九次年會，在佛光山寮房寄宿了四天三晚，沾遍法喜近百小時。期間留連過大雄寶殿、同登法界、不二門、滴水坊…座座殿堂金碧輝煌，悅人耳目！喜見山上處處豎立白底紅字「佛光菜根譚」，閱之如飲醍醐；心盈安寧喜樂！於是忘情拍下璀璨夜色，盡情將星雲大師句句金石良言收錄；直至相機紅燈提醒電力不足方罷。

又恭逢慶祝佛陀紀念館即將落成而舉行的國際萬緣三壇大戒，與數千中、外僧人於微風細雨中，集合大雄寶殿前廣場。他們身穿行腳頭戴斗笠，手捧圓鉢佇立雨中；顆顆虔誠恭敬之心靜聽星雲大師教誨，場面何等震撼！因緣際會能在人間淨土度過美麗三夜晚，喜悅情懷至今難忘！誠如大師名言：「千載一時，一時千載」。

　　此次已是我第三回到訪佛光山，中午一頓精美可口素齋後，再由佛光小姐琬君帶領參觀佛陀館；時間所限我們只能走馬觀花。這座耗時八、九年，於2011年12月25日落成的佛教聖地，占地總面積100公頃。坐西朝東，前有八塔，後有大佛；南有靈山，北有祇園。其中坐佛像高五十公尺，為世界最高坐佛；在高山霧氣繚繞下，恍若一尊真佛飄坐雲端。奇景驚豔世人、壯麗嘆為觀止！成佛大道上建有八塔（代表八正道，分別為一教、二眾、三好、四給、五和、六度、七誡、八道）、天宮為中國式寶塔；館上方為印度大塔，融合了中、印風格，建築特色相得益彰。參觀過佛陀館後，又蒙佛光山副住持慧傳法師慇懃接待，於會客廳暢談近一小時，舒心愉悅，法喜再盈。

采風團文友與慧傳法師有緣合影於佛陀館

美濃小鎮出名人

　　辭別法師後，文友們又乘大巴士繼續造訪臺南美濃客家小鎮。

　　我多次訪臺都未到過美濃，此次到訪後不禁深深愛上這景美情濃的「依依墟裏煙、暖暖遠人村」。但見紀念牌樓高高聳立，棟棟紅瓦灰牆「伙房」耀眼，無論三合院或四合院，建築均具特色。據當地導遊黃老爹解釋，那是美濃人家基本住屋，其中「祖堂」是必備空間，作為整個家族成員祭祖之用。「夥」指一夥人共住的房子，「房」則是父系家族血脈繼承的房產。祖堂門外一對對褪色紅門聯似曾相識，引起我極大興趣；特別是林家西河堂幾戶對聯，包括：

> 十德家聲遠／九龍世澤長；忠孝有聲天地老／古今無數子孫賢；十德雲礽宏甲第／九龍椒衍耀東瀛……傳統也可喜！

　　一身淺藍客家裝束，帶著濃濃客家口音的導遊黃老爹自我介紹說，退休後很想為家鄉做點事才學起當導遊。他一臉慈祥，真誠平實全程為我們導覽：「美濃」原名「彌濃」，相傳一批屏東客家人於清乾隆元年來到靈山下的平原開墾，因那裡山明水秀而取「彌」，居民皆務農而取「濃」，故名「彌濃

莊」。居民在那裡立碑開莊安居墾荒，形成一個客家聚落。日據期間，日本人見該地與其故鄉「美濃」地形相似，便將「彌濃」改為「美濃」。老爹還說：美濃數十年來有超過四百人獲得碩士、博士以上學歷，居臺灣各鄉鎮之首；著名作家鍾理和就是其中典範。如此看來，到美濃還真不能錯過鍾理和文學紀念館啊！

　　帶著期待心情緊隨老爹腳步，由朝元寺旁的吉橋左轉，來到隱藏於茂林修竹間一幢不起眼建築物；那便是建於1983年的「鍾理和紀念館」。此館高兩層，外觀簡樸環境清幽；一樓展示鍾理和生平文學創作，二樓收藏臺灣地區作家手稿及作品。拂面不寒楊柳風，徐徐將我帶進臺灣鄉土文學的時光隧道中⋯

　　鍾理和（1915～1960年）被譽為「臺灣現代文學之父」，美濃客家人；生於貧困家庭卻堅持文學創作。擅於描寫農村生活，筆觸悲天憫人；後人稱他「倒在血泊裏的筆耕者」。他十八歲那年與務農父親在美濃開拓農場，愛上同姓的農場女工鍾台妹，卻遭當時社會強烈反對與家人不容，只好雙雙逃奔大陸。婚姻的壓抑使他更為投入文學創作，但最後他還是返回故鄉美濃，並於1959年寫成名著《原鄉人》，作品體現了臺灣、大陸一家親，面對外敵入侵同仇敵愾的愛國情懷，後來被拍成電影。鍾氏經典名言「原鄉人的血應該流返原鄉，才會停止沸騰」予人印象深刻。他的妻子鍾台妹也被形容為他文學背後的推手。鍾氏伉儷一生愛得悽美，為情至死不渝，催人淚下！

　　離開紀念館前，舘內陳列著那幅「鍾理和小行星」圖片吸引了我，細閱內容，方知小行星是目前唯一可被發現單位命名的天體。古代文學家蘇東坡曾榮獲小行星稱號，鍾氏則是首位現代文學家得此殊榮，編號237187，命名為「鍾理和（Zhonglihe）」。將他探尋人生價值、原鄉意義的坎坷歷程（人文），與天文家追尋新知識，探尋太陽系起源（天文）結合起來，意義何其重大！而發現行星的臺灣中央大學特別製作小行星銘版及模型，在他逝世52週年紀念日當天分別贈予臺灣文學館及鍾理和文教基金會收藏的創舉，更別出心裁！

夜色蒼茫中，我們揮別紀念館。登上旅遊車後不見黃老爹，正惆悵著未跟他道謝、道別一聲；卻見他在前面開著車，引領文友們到庭園特色餐廳「老古的家」去。礙於導遊不能與團員共同進餐，只好向黃老爹要了一張名片以便電郵聯絡。文友們盡情釋放回歸自然的悠然情懷，飽嚐客家風味美食佳餚。那一刻，我的漢俳詩興也即時靈湧：

　　　　晌午訪美濃／風情純樸小鎮中／釋情出樊籠
　　　　山嵐薄霧飄／紅瓦灰牆伙房寮／雞犬互酬叫
　　　　客家遠人村／民房風貌原封存／絡絡炊煙吻
　　　　小鎮文豪史／堅貞情聖鍾理和／擇愛而固執
　　　　最美夕陽紅／老古的家藝術濃／佳餚與君共

（後記：老爹還真有心，給我傳來「百家姓堂號表」等珍貴資料。特此鳴謝！）

採風團文友與導遊黃老爹（前左四）喜相逢

臺南市文化氛圍濃

　　最後兩天到訪臺灣文學館與孔廟，蒙公共服務組員杜宜昌先生詳盡解說：文學館是臺灣首座年輕的國家級文學博物館，為日治時期落成的臺南州廳，堪稱廳舍建築傑作之一；可惜經年長月久使用及州廳戰爭後，已殘破不堪；翻修工程於2003年（民國九十二年）十月竣工。館裡展示了從早期原住民、荷西戰爭、明鄭、清領及日治等各時期到民國的文學發展，累積了大量世代更迭、族群交融的文學作品。除蒐藏、保存、研究等功能外，更透過展覽、活動、推廣教育等方式，使文學更為親近民眾，帶動文化發展。館內設有文學圖書閱覽區、兒童文學書房，並提供多元化服務，以生動活潑手法，讓現代那些認為文學太艱深無趣的年輕「低頭族」認識文學、喜愛文學。

　　文友們在文學館內饒富興緻，細心觀賞留連忘返。無奈導遊一再催促，毗鄰的孔廟也是必遊之地；只好依依離去。想孔老夫子乃萬世師尊，入廟拜會自是文友們禮不可缺之事。據說此廟是全台最早的一座文廟，到訪當天，孔廟內工作人員正準備清明大祭盛典；有點忙亂。此廟建於明永曆年間，是鄭成功收復臺灣後建立的第一所高等學府，也是全臺建成的第一座孔廟，譽稱「全臺首學」，如今與附近文學館緊密結合成一個完整文化區，更增添了古都臺南的文化氣息。

「安平古堡」與「慈湖」

　　「安平古堡」古稱奧倫治城（Orange）或熱蘭遮城（Zeelandia）。我早於三十多年前到訪，如今故地重遊，再次拜會臺灣王，心中不無感慨！

　　當年帶著大兒子遊覽，才四歲的他不解偉人豐功偉跡，竟在其高聳彫像前擺盡Pose當小模特，盡顯無知童真！猶記朋友曾介紹說：安平古堡最早建於1624年，是臺灣地區最古老的城堡、鄭氏王朝三代宅第，也是荷蘭人統治臺灣的中樞。一些外國文書就曾稱鄭成功為「臺灣王-TheKingofTyawan（Taiwan）」，又因明朝時南京被稱為江寧府，臺灣位於南京東面，故有「東寧王國」之稱。東寧王國雖國運不昌，可是鄭成功美名卻深植民心、印像深刻！

百度網載：1674年臺灣已是獨立小王國。當時鄭成功曾兩次給荷蘭大員長官揆一寫信，表示「臺灣者早為中國人所經營，中國之土地也…今予既來索，則地當歸我。」可是被拒。後來他擊敗荷蘭人在安平建立臺灣第一個漢人政權，並以詩明志：「開闢荊榛逐荷夷，十年始克復先基；田橫尚有三千士，茹苦間關不忍離」表示他堅決留臺開發寶島的決心。

　　早聞臺灣以「成功」為校名的大、中、小學共有十多所，足見臺灣民眾對鄭成功敬仰之情；如今「鄭成功文化節」更成為臺南市獨特節慶。年前，臺灣郵政局曾發行鄭成功收復臺灣三百四十周年紀念郵票，其中一枚命名「閩海雄風」的郵票就是繪畫當年臺灣王率領艦隊與武裝商船乘風破浪，耀武揚威於福建沿海一帶，並對抗荷蘭人的威風模樣，給人印像鮮明！

　　細觀安平古堡建築純用紅磚瓦，不難想像，橘色夕陽餘暉下漫步於鬱鬱蔥蔥綠蔭中，發思古幽情，憑吊古堡旁那座民族英雄鄭成功的啡白間石雕像；與落日相輝映將是何等壯麗？難怪臺灣八景之一就是「安平夕照」。

最後一天臨別秋波，參觀兩蔣文化園區「慈湖雕塑紀念公園」及「慈湖陵寢」，壯觀莊嚴得可以！但見紀念公園裡陳列了蔣公穿上不同服飾、戴帽脫帽、或坐或站，姿態各異的銅像152座；這與臺灣故宮博物院那座高270釐米，座台高3米，遊客參觀時要仰望的全身銅像相比，要來得更加「平易近人」了。此園自1997年設立後已成當今唯一以單一人物為主題的雕塑公園，據說全臺灣約有蔣公銅像四萬多座；端的傳奇！信步再奔慈湖陵寢，苦候大半小時只為觀賞衛兵整點交接儀式；隨後再參觀陵寢。經過正廳中庭時，為對蔣公表敬意，遊客大多立正鞠躬。風雲人物如今煙消雲散，多少功過也蓋棺論定，只留世人茶餘飯後月旦。

舊雨新知喜結善緣

　　此次采風團一路參觀各景點，對曾六訪寶島的我而言，既有似曾相識燕歸來的驚喜；也有別後重逢幾番新的感慨；正是舊雨新知，喜結善緣！

頭兩天拜會文化部、立法院、僑委會和外交部等機構時尤感新鮮。細心觀賞著文化交流司王司長更陵為我們預備的臺灣文化錄影，開始那場原住民載歌載舞，還真與紐西蘭土著毛利人毫無二致呢！說來巧合，拙著《紐西蘭的原住民》於1998年初出版後半年，紐國科學家便通過基因檢測，驗證出紐西蘭毛利人來自臺灣；難怪臺、紐原住民文化、語言與歌舞都那麼驚人相似。記起臺灣原住民作家孫大川先生還於去年九月組團前來紐西蘭探訪毛利作家，並邀我相陪；可謂毛利華人一家親！錄影終結時，大導演李安輕描淡寫一句：「臺灣人不好大喜功」，意味深長，道盡臺灣同胞純樸可親，也勾起我對寶島的深深情感……

　　意外欣喜的是，在華僑協會總會陳主席三井設的歡迎午宴上與海、內外著名作家陳若曦重逢。初次邂逅陳老師是2000年的事，當時我們同受邀往雲南采風；對她和藹可親，毫無架子的爽朗個性格外欣賞。上網拜讀她的《尹縣長》，得知她本名陳秀美，二十八歲時曾與丈夫回中國大陸生活了七年，經歷了文化大革命後，以親身經驗描繪中國人民在國共對立敏感時期所受的艱辛與苦楚。感人至深！陳老師其後去了美國二十多年，如今鳥倦知返，孤身回到臺灣為老家作出貢獻；並出版首部自傳《堅持‧無悔——陳若曦七十自述》。對於陳老師一生奮鬥，為民主和自由而努力的腳印，除了肅然起敬還是肅然起敬！

　　多次訪臺，感戴臺灣同胞有教養，公德心更是高居兩岸四地之冠。難忘最後一天（3月21日）黃昏回程下榻「家美飯店」途經立法院時，朦朧夜色中親睹一場「太陽花運動」。那批心

態稚嫩的主角——激進九十後，看似比成人更關注政治經濟而為臺灣前途上街；是自發行為還是被操控？局外人霧裏看花，霧非霧亦花非花！如今太陽花已早夭凋零，草草收場。祝願這批即將成為22K的小夥子，在爭取民主大道上好自為之！

完稿於2014年5月

艾禺

新加坡作家協會副會長，世界華文作家交流協會中文秘書、世界華文微型小說研究會副秘書、世界海外華文女作家會員，創作體裁以微型小說和兒童文學為主。作品包括：短篇小說——《困鳥》，《海魂》；微型小說：《風雲再起》、《艾禺微型小說》、《最後一束康乃馨》；少年小說：《媽媽的玻璃鞋》、《鏡子裏的秘密》、《天狼星遊戲事件簿》；兒童文學／繪本：《奇怪的畫像》、《假裝》、《窗內窗外》等。主編作品：《逍遙曲》、《城市的記憶》，《城市的足音》，新加坡作家協會刊物《新華文學》編委。《艾禺微型小說》曾獲選為2006年「讀吧，新加坡」全民閱讀活動讀物之一。

曾是新加坡傳媒華文戲劇組故事策劃／編審／編劇。2007年以作家身份進駐校園成為駐校作家，同時也是自由撰稿人。

來去福爾摩莎
——美麗之島

　　到臺灣四次了，四次都有不同的感覺。一踏上寶島土地，濃濃的鄉土味道便似把塵封在心底的「家」，一種歸宿感帶了出來，很奇妙，難以言明。

　　第一次到臺灣是在上個世紀的90年代，11月，天氣微冷。我和新加坡的幾個代表出席了「第四屆世界海外華文女作家會議」。那個年代，出國機會不多，好像劉姥姥進大觀園，看什麼都新鮮。會議時間不長，但還是做了很多事，投選了新會長，多個國家代表也對自家國內的文學情況做了彙報。一群女人，嘰裏呱啦的好像總有很多話說不完。

　　其中一天的行程到陽明山的中國大飯店投宿。本來天氣已經開始變化了，到了夜晚，更是冷颼颼的。那時候還不興人手一機，最清晰的印象是大家跶著拖鞋，列隊拿著電話卡等著給家裏人報上一個平安。

　　夜的陽明山如此靜謐，仿佛掉根針在地上也能聽見，窗外的水珠貼著玻璃爬著，不遠處的住家零星的燈光閃爍著，當時在想，這山裏人的生活到底是怎麼一個樣子，每日都是如此寧靜優雅嗎，好羨慕喔！

漫步在鹿港的紅磚巷道上是另一種景致，繁華在傳統純樸的氛圍中讓步。再坐上高速火車到花蓮，已是傍晚時分。靜思精舍外，兩座潔白如玉的雕像迎風屹立，沒想到卻原來是上人安排等候我們的師姐，一切突然都變得純潔無比了！雖然只逗留了兩天時間，卻是人生的大收穫，我們在慈濟護理學院聽紀媽媽說「無子西瓜」，要我們領悟人與人之間的寬恕之道；我們當上半天的義工，一起和醫院的護理人員見證生命的可貴；我們見到了證嚴上人，給我們開啟做人之道。

　　短促的行程在匆匆的時光機裏飛躍，飛躍不只是一個人，也是一顆心。

　　90年代末，我又踏上這塊美麗的土地，這次是為了去出席《第3屆世界華文作家會議》，依然是在11月，一行人入住了圓山飯店。那時候飯店剛完成大規模的整修，很多設備都很新，住得很舒服。除了開會，我們也在臺北趴趴走，最難忘的就是到國立故宮博物館。那是個寧靜非常的下午，我們有很充裕的時間在館裏流覽，有關單位還特別安排了一位導覽員把每一個展館的展品歷史和典故都解釋讓我們知道，長了很多知識。

　　一行不到10人的導覽團卻因為導覽員的解說詳盡同時也吸引了其他訪客，大家跟著一起繞，10人團變成30人團，問題一個接一個，搞得導覽員最後只好打退堂鼓，我們都覺得很可惜，但那又奈何呢？

　　之後還訪問了一兩家報館，對於他們能大量容納文藝作品的刊登，羨慕不已。臺灣作家何其幸福啊，不單是刊物報紙，各類的文學活動也不斷蓬勃展開著，給人一種欣欣向榮的印象。

然後隔了快十年，我又有機會到臺灣來開會了。2008年7月，「第九屆世界兒童文學大會」在臺東舉行，會議主題是《生態・全球化和主體性》。新加坡的代表只有兩位。

　　這次的出行帶著戲劇性和複雜性，首先是兩人一踏出機場便發現一片灰雨濛濛，但時間緊逼，我們需要馬上到松山機場轉機去臺東。搭上計程車，師傅已經告訴我們由於颱風來襲，松山機場已經關閉，但我們還是堅持要去。

　　寥寥只有幾個工作人員的機場為我們的來到感到失措。班機已經取消，我們是不可能到臺東去了。兩人灰溜溜的回到臺北車站，好友不死心堅持非成行不可，因為會議明天一大早召開，現在不去肯定出席不了開幕禮。在臺北車站兜兜轉轉，發現火車也停駛，幾個計程車師傅圍著我們，遊說可以安全把我們載到目的地去。幾番猶豫，我堅持還是留下來。又是拖著行李箱在路上一番折騰，好不容易找到一間價錢比較便宜的酒店暫住一宿。從電視上我們看見颱風帶來的威力把房屋吹倒，水道氾濫，這些地方都是我們如果乘坐計程車必經之道，不覺捏了把冷汗，如果當時上車，我們肯定會被卡在某個不知名的地方，進退更兩難了！

　　第二天匆匆來到松山機場，辦事處的人又通知我們預留位只有一人，也就是說只有一人能登機，另一人需等待下一班的班機。經過一番爭執，朋友最終說服對方安排兩人登機，上到飛機才發現所謂的保留位子其實是留給空服人員的。幸好行程只有40分鐘，趕到國立臺東大學的禮堂，開幕禮早結束了，各國代表已經上場發表論文了。

臺東的樸質和臺北的繁華有著不同的味道，我們好像在一個很寧靜的小鎮生活著，呼吸著那裏的淳樸空氣，人也變得坦蕩起來。或許人就該不時到一個地方去洗滌自己複雜的心靈。沉澱，是為了另一次更好的出發。

　　於是又六年，第四次拜訪，心中還是難掩喜悅，「重回」──顯得熟悉和自然，隨意而又窩心。

　　世界華文作家交流協會一團十六人在團長黃玉液的全心全力安排和帶領下，踏足寶島，再一次嗅吸著土地的芬芳。

　　三月天，春暖花開，氣候帶點恰意的冷，舒服極了。受到財團法人海華文教基金會同人的熱烈招待，此次能成行其實也是通過他們的熱心安排，希望我們能瞭解臺灣的人傑地靈和文化特色。

　　行程安排得滿滿的，臺北到臺南走透透。重臨國立故宮博物館，到處人頭攢動，訪客的數量只能用「驚人」二字形容。在你推我擠的空間裏，文物遠比我們安逸，立在玻璃箱裏靜靜看著我們的汗流浹背。出土千年，文物都被附上神秘色彩，如果它們皆有靈性，又是如何看待此情此景呢？

　　高鐵南下高雄時，喧囂便一併帶走了，尤其是到了佛陀紀念館，大佛似乎已經遠遠向你招手，並示意你以平靜之心對待萬物。漫步在美濃客家小鎮的路上，熱情的導遊領我們走入另一塊遠離塵囂的淨土──鍾理和紀念館。過去，我只從《原鄉人》這部電影和歌曲裏認識鍾理和這個名字，對他的生平完全不詳。從展覽的作者家族照片和手稿中，讓我重新認識了這位偉大的鄉土作家。館外的庭園排列了一個又一個的浮雕，有著作家詩人

的手印和他們對文學的看法，不管是花朵、樹木還是故鄉，作家們都深知文學其實就是自己的生命，不管它是否在人前曾經有過璀璨，但在心裏確實實在的綻放過，永生不滅。

姍姍來遲出現在美麗的日月潭，夜色已經開始醞釀，船在水面濺出浪花，霧氣便把山巒的景致迷蒙了。幸好當夜就在潭邊留宿，在晨光裏還能一睹它的風采，為文人墨客添幾許詩的情懷。

在慈湖，我們等待觀賞衛兵的換班儀式；在鶯歌陶瓷博物館，我們為「迷倒眾生」的精緻陶瓷讚歎不已；在三峽古廟外，我們啃著馳名的牛角麵包，一時竟忘了剛才求的是上上簽還是下下簽。

回到臺北的那個傍晚，我們看見學生們井然有序的在立法院前靜坐還不知道知道發生什麼事，黃澄澄的太陽花在電視新聞裏以大特寫的方式呈現，警衛人員在我們所住不遠的飯店附近開始巡邏守衛。夜，突然變得不寧靜，徹夜都有警車聲呼嘯而過，把一些夢驚醒。

珍重再見是為了下次的再相聚，沒有馬上離去，我又在臺北窩了兩個晚上，目的是想去以前在西門町住過的小酒店看看。只可惜小酒店已經掩沒在商店的招牌下，再也不復存在。滿街的人潮，像魚一般在店裏店外遊動，如果在此時撒一張網，必然能滿載而歸。

紅樓依然屹立，不過在廣場前卻多了個創意市集，展賣的大都是手工製品，繁華的燈火間，聳動著一張張年輕的臉，不禁讓我想起另一批年輕人，他們之間為什麼存在著那麼多不同？

坐上到機場的計程車上，路過熱鬧的廣場外看見有人在臺上演說，師傅說事情越鬧越大，已經不只是學生的事了。看他淡然一笑，老神在在，窗外的風景急速飛馳，過去了就不存在般，或許這也是做人的一種方法吧！

　　還是會再去的，我對自己說；再去就不是開會旅遊了，好好住下來，三兩個月，更深切的去體會這個充滿人文關懷，保留優良文化傳統的地方。

　　福爾摩莎──美麗之島，到時請您用微暖的風等待我這位來客。

寶島閃爍

老爹

高鐵駛向臺南，我們在左營站下車，經過了一番佛光的沐浴，下午車子便駛上了美濃。

美濃是臺南隸屬高雄的一個鎮，居民大都以務農為生，聽說「美濃」之名是因為開墾的時候常煙霧彌漫，原名「彌濃」而得，是臺灣碩果僅存的知名客家文化區。

車子在某個街口停下，上來了一位老者，帶著客家鄉音的華語，自我介紹他就是我們接下來行程的導覽員。他說大家都習慣叫他老爹，大概是年紀的關係吧，有人問老者年幾，他笑笑說已經65了，噢，我們之前還以為他應該比65還大呢，臉上爬滿了歲月的痕跡，前排門牙也已掉了兩顆，有種滄桑。

作為一個導遊，沒有出從的外表即刻在大家心裏扣了分數，擔心是濫竽充數，隨意派個老傢伙敷衍應付我們一番。

但我們都錯了，大家都看走了眼，眼前這位「其貌不揚」的老者簡直就是美濃歷史的一個神通。他對這塊土地的一景一物，文化習俗都耳熟能詳。他笑稱大家都是作家，不過自己也不賴，是個「膠園詩人」。我們大為驚訝，原來還是個寫詩的，這裏也有膠園嗎？原來此「蕉」非彼「膠」，他要說的是

「蕉園濕人」。老爹絮絮說起前程往事，父親要他種蕉，但種蕉也非易事，他全無經驗，天天滿頭大汗的窩在蕉園裏，渾身因汗臭而濕漉，最後還是一無所獲，但種蕉的失敗經驗卻讓他對培養蔬菜生長產生興趣，於是又一頭栽了進去，成了蔬菜達人。

他又談起孝道，他說客家人是很尊重父母，孝順長輩的。這種優良傳統在美濃世世代代流傳著，成為了根深抵固的一種觀念。但隨著年輕人離開到大城市謀生或讀書，「有些東西」便悄然而逝，留下的只有父母對兒女的掛念，而子女呢？他用客家話吟了兩句：「父母惜子長流水，子女孝順似擔竿。」長短的比喻，把現代親情的冷漠帶了出來，叫人不無惋惜！

旅行車在小巷弄裡兜來轉去，兩旁儘是矮矮的屋子，一些小店開著，門口擺著些雜貨，幾個人慵懶地坐在店門口，也沒說話，似乎就為了享受周遭寧靜的氛圍。小廟前色彩鮮豔的龍盤踞在廟頂，很有些兇惡。車子兜出小巷，遠處的山林和近處的水稻田便處處可見，一覽無遺，好像又把人帶入另一番的景致中。

鍾理和紀念館坐落在美濃鎮尖山山麓，黃蝶翠穀與朝元寺的入口附近，距離鎮街約有七公里。車子在離寺外不遠處停下，老爹說朝元寺也是很出名的，但和紀念館相比就遜色許多。遇到我們這群文學愛好者，朝元寺在大家眼中已經變得可有可無般，目光盡向樹叢裏那座若隱若現的建築物瞧，腳步莫來由加快許多，好像有位好朋友已坐在家裏等著我們，雖素未謀面，卻必定驚喜。

走進紀念館的步道上大大地豎立著一尊鍾理和的紀念雕像，兩旁的文學碑石刻印著臺灣作家的名字和名言，聽說一共

選了35位有代表性的作家，把他們對文學的理念和對家國的深情呈現眼前。

也就不遠，兩層樓的建築物便出現了，環境十分清幽，前後都有樹木和果林。這裏便是鍾理和先生晚年的生活和寫作所在地了。大家都羨慕不已，有山有水，寧靜安詳，確實是寫文章的寶地。但聽得老爹道來，鍾理和一生貧病交加，沒一天有好日子過，為了和心愛的女人結婚，當年曾遠走大陸；日治期間，孩子沒有奶粉喝他也不肯向日本人屈膝，表現了他的愛國情懷和高尚的骨氣。

紀念館的一樓展示的都是和鍾理和有關的資料。看到「原鄉人」的手稿，想起電影「原鄉人」裏那首由已故歌星鄧麗君所唱的主題曲，一時也暗自哼了兩句：「我張開一雙翅膀，背馱著一個希望。飛過那陌生的城池，去到我嚮往的地方……」

老爹用昂揚而又純厚的感情細細地把鍾理和一生的故事展開，把我們帶回上個世紀過往的年代，體會著那段不易，應該說是完全艱苦的歲月，這樣的一位鄉土文學作家，讓我們對他深深崇敬。

二樓展示的則主要為臺灣作家的手稿，影像資料以及相關著作。因為老爹幾乎花了大半的時間在鍾理和的事蹟上，二樓就變得只能走馬看花了。從二樓的陽臺望出去，遠山渺渺，一代文學作家以他的筆書寫了故事，如今故事依舊，卻已人事全非。

記憶需要永續傳存，看著老爹在樹叢下悠然獨處，作為一位傳承者，懷著什麼心境和理想我很想探問，只可惜日快斜

陽，大家都還有匆促的腳步，走出紀念館，老爹又跟了一段路程，最後才在某個街口下車，揮手與我們告別。

老爹的形象在車子遠去的距離中越縮越小，到最後連點都沒了，但他在我心目中的形象越永遠清晰鮮明，猶記得他把「原鄉人」首四句的詞改成如下：

千年榕樹共條根
全球華人一家親
有緣美濃來相會
隔山隔水心想連

猶記得他是帶著濃濃的客家口音唱出的。突然想起一句話，心有多大，世界就有多大。老爹雖然只是美濃這個小鎮的一個普通村民，但他的心卻比任何人都大，叫人敬佩。美濃，因為有你——老爹而美麗，我始終是這樣認為的。

✤ 池蓮子

　　荷蘭華文作家、詩人。原名池玉燕，女，原籍中國溫州市。文革知青，曾執鞭任教，愛好文學與中醫。

　　1985年因中西愛情婚姻移居荷蘭，並於廈門大學函授院攻讀中國文化、歷史、民俗學及現代文學，及中醫。現為「荷蘭彩虹中西文化交流中心」主任，。《南荷華雨》雙語小報主編，世界華文作家交流協會副秘書長。

　　已結集出版的文學作品有詩集《心船》、《爬行的玫瑰》、小說散文集《風車下》、散文詩《花草集》等。《池蓮子短詩選》中英文版，列入「中外現代詩名家集粹」，獲國際炎黃文化研究會頒發的第三屆龍文化金獎（優秀詩集獎）。小說選篇，獲上海《春蘭文學作品獎》等。其詩作被收入《2012年第32屆世界詩人大會詩人精選集》，及國內高等教材。

匆匆

——從臺灣采風回來

匆匆地去，帶一朵雲
匆匆地回，提一包書
沒有將雲解開
愛放飛於臺北的空中……
沒有將字讀懂
愛湧進淡江的泉流……

阿里山的記憶刻在詩中
詩在記憶裏漸漸漫遊……

老爹的故事象電影一幕又一幕
穿織著臺南人的勤勞，智慧與淳樸

慈湖裏的神龜還在眺望*
眺望中靜聽
神農架下的傳說……

*慈湖，是蔣介石靈柩所在之處，風景優美寧靜，蔣公生前曾經
常來此渡假養生。據說當年蔣介石靈終就寢時，慈湖裏的上
千百隻龜，都遊上湖面，眺望天空（有報紙記載）。

寫於09/04/2014於荷蘭

一吻而和

　　剛從阿里山腳下，撿回一塊小石頭，返荷後放在我「旅遊紀念的櫥櫃裏*」。

　　一道閃光，我定了定神，它竟和我幾年前，在八達嶺上拾到的那塊小石頭，一吻而和。世上有這麼多不可思議的事，也許是巧遇，也許，原本就是因緣而成，並非無緣無故！

　　於是，我開始遐想，據有關歷史記載，遠古時代，臺灣與大陸相連，後來因地殼運動，相連接的部分沉入海中，形成海峽，出現臺灣島。

　　臺灣從有文字記載的歷史可以追溯到西元230年。當時三國吳王孫權派1萬官兵到達「夷洲」（臺灣），吳人沈某（此字打不出來）的《臨海水土志》留下了世界上對臺灣最早的記述。隋唐時期（西元589—618年）稱臺灣為「流求」。隋王朝曾三次出師臺灣。據史籍記載，610年（隋大業六年）漢族人民開始移居澎湖地區。到宋元時期（西元960—1368年），漢族人民在澎湖地區已有相當數量。漢人開拓澎湖以後，開始向臺灣發展，帶去了當時先進的生產技術。西元12世紀，宋朝將澎湖劃歸福建泉州晉江縣管轄，並派兵戍守。元朝也曾派兵前往臺

灣。元、明兩朝政府在澎湖設巡檢司，負責巡邏、查緝罪犯，並兼辦鹽課。明朝後期開始出現臺灣的名稱。進入17世紀之後，漢人在臺灣開拓的規模越來越大……及至鄭成功從法、西、荷、日，殖民者手中收回臺灣，從此逐漸承傳了中華文化而至今。

由此可見，山水自由緣，人文更相親。我是第一次來臺灣，在臺北的幾天裏乘坐了幾次計程車。在我的幾次乘車中，我的觸感：這兒的司機不謀生，熱情而健談。其中有一位知道我是歐洲來的中國人，問我；「常回中國嗎？去過長城嗎？」，「那是呀，去過多次了！」。他說：「我真羨慕，你們說去就去，我一次也沒去過！」我問：「那你為什麼不去呢？」，他說：「以前去不了，現在又沒時間去……」。我似乎領會地點點頭。他便情不自盡地接著說：「據說我祖輩是長城腳下哪一個地方的人，遺憾的是那邊已找不到親屬什麼的啦……我要回去，也就是拜一拜長城而已了……」

他說完後，沈默了許久，然後又接著說：「你這兩天看到『學運——反服貿』嗎？這些學生有點過於幼稚單純呀，他們不明白『服貿』對兩岸之間的真正的作用與關係呀；近些年來，沒有大陸的開放，臺灣經濟哪會這麼穩定呀……」

說著，說著，我該去的地點已到了。我付了計程車費，就下車。「小姐，還有你的小提包，別忘了！」我很感激地又回頭取包。「歡迎您常來臺灣！」他接著說。於是我說，「希望你也早日去拜長城啊！」「一定一定！」他的車開走了，我不知為什麼，站那裏許久，直至他的「的車」消失在我的目瞳中，而他的形象還常常出現在我，臺灣之行的腦海裏。

*這些年，有一個不該有的奢好；每到一個國家或遠古的地方，
 總愛撿一塊小石頭帶回來，作紀念。記得有古人之言；百年石
 頭千年魂！那麼我想，每個地方的石頭，不管是大小，都是他
 自己的歷史見證之一！

寫於16/04/2014於荷蘭

致命一擊

　　她第一次去臺北，坐了十幾個小時的飛機，走出國際機場大廳；幾個小時後，萬萬沒想到她第一個非去不可的地方，是臺北機場警察局。

　　事情是這樣；當她走出機場口時，接機的人寥寥無幾，但她一直見不到預先會約好的接機人。

　　等了三個小時，打了三次電話。最後決定，自己打計程車去預定賓館（但不知路途有多遠）？剛上車，想提前準備出租費，拉開手提包「嚇──，錢包不見了！」這可是致命一擊啊，裏面除了幾千現金，還有國際銀行卡等重要卡件。不由得出了一身冷汗！小車已經馳出幾公里……「不行，我必需得再回機場！」於是她請求司機打了一個圈，重新回到機場。但她想，希望很小！

　　到了機場，她飛奔到大廳的諮詢台：「請問小姐，我今天下午在這電話臺上打過幾次電話，可能是最後一次，取出硬幣後，忘了將錢包放回手提包了，勞駕能否幫我報個警!?」諮詢台的小姐根據她的護照航班等，立即幫她給機場警察局報了警，

說明了來龍去脈，地點，和大概的時間……幾分鐘裏，小姐告知
「前面就是機場警察局，你要去一趟。」

　　來到警察局，一位員警看她那緊張的神情，請她坐下還給
她倒了杯水，然後又一次證實了她的航班護照等之後，將她的
錢包完好無損地交到她手中。於是她激動的說：「這是奇蹟，
我到臺北的奇蹟！」

✤ 荒井茂夫

　　1950年，日本出生。1981年在日本築波大學研究院在學期間留學南洋大學，留學一年專修華人社會史和華文文學。修完後曾在東京中華學校教兩年，1983年三重大學創設人文學部時當專任講師，1987年當副教授，1992年當教授。現為特任教授。以華文寫的論文主要有：〈馬來西亞華人社會的語言生活和人同結構〉華人歷史研究2007年第2期、〈馬華文學的「馬華化」的心理路程〉走向21世紀的世界華文文學，中國社會科學研究院文學研究所編1999年中國社會科學出版社、〈華人中國情結的矛盾〉中國僑鄉研究，「中國僑鄉研究國際研討會」論文集1998年、〈中‧台研究華文文學與華文文學的走向〉第一屆馬華文學國際學術研討會論文集1998年等。主要研究東南亞華文文學，近些年來放眼研究澳歐北美華文文學。同時開始翻譯日語介紹華文文學的工作。

訪問美濃聯想客家文化特色

　　旅遊過程中幾乎無人對當地食物不感興趣的，我也不例外，這次訪臺旅程表上看到美濃客家村時，立刻聯想到代表客家菜的「擂茶」。既然這次能有機會訪問美濃，值得談一談擂茶如何代表客家文化，何況臺灣總人口2,300多萬之中客家人占12.6%成為臺灣文化的重要部分。

　　據黃宣範的研究（〈語言，社會與族群意識：臺灣語言社會學得研究〉1993），照日治時期臺灣總督府的人口調查推計客家人口為11%以下。到了2000年代初行政院客家委員會進行了大規模調查，2004年發表〈臺灣客家人口基礎資料調查研究〉，結果得數12.6%。居住地域為北部桃園、新竹、苗栗一帶，南部高雄和屏東，東部花蓮和臺東，但因散居在各個地方的客家人口比律並不大。雖然如此，客家人在臺北市有296,000人占臺北市總人口（2,680,000）的10%以上（臺北縣客家人口為306,000人），高雄‧屏東地區客家人有267,000人，看在臺灣客家總人口2,869,000人，這些數字表示客家人對臺灣社會文化中扮演著重要角色。

一般旅客們多多少少瞭解食品的文化歷史背景可使旅遊更加有意義。其實探究一個有特色食品的來歷緣由，一定能發現社會和文化密切聯繫的歷史背景。客家擂茶也是之中之一。

擂茶歷史文化

　　飲茶是中國飲食文化中不可缺少的基本習慣。但除了茶粥以外把茶葉用來食用的只有客家人的擂茶而已。飲用茶葉的習慣宋代初期開始發展到講究水和茶味兒的「鬥茶」文化，之前古來當作食物為主要用途。所謂茗粥是也。把茶葉、米、薑等泡在清水後磨碎而煮的茶粥。後來人們加上蔥、陳皮、山椒、橙子等香味兒品嚐。茶粥另有名稱呼「苦羹」是屬苦味被認為有藥效的。另外做為飲料加進鹽、薑、橙子等發展為「香料茶」，但到了元末明初這種吃法被認為損壞茶葉的原味而逐漸廢除了。

　　擂茶古來食用茶葉的食品文化，做為客家傳統家常菜流傳到今天是有歷史緣由的。客家人本來居住中原的漢族，西元311年永嘉之亂，匈奴淪陷洛陽，中原漢族避開戰亂開始遷移南方，在福建、廣東、廣西等南部山區集居。之後到清代為止共有五次遷移。客家人開始自我認同是客家，應該始於宋代，經過中原民族長久的遷居歷史上產生的。之前移居的客家人叫做「客家先民」，客家研究學者一般加以區別。因此可以說今日客家的擂茶文化是保存宋代開始流行「鬥茶」之前「客家先民」傳下來的古來食用茶葉的文化。也就是說很可能消滅而今

天見不得的古代食用茶葉的文化，竟然活在今天而且流傳到海外客家人社會。

在客家研究之中有個傾向強調客家作為中原文化正統繼承者的自豪，比如他們的語言保存著中原音和中原文化，輩出了歷史上傑出的人物如太平天國的領導人、國父孫中山、鄧小平、李光耀等等。繼承中原文化的自豪也許成了根深蒂固的客家人意識的緣由。如果在這個觀點來看繼承古來的茶食文化，對客家人來說不外是潛在於平時生活裡自我認同的文化契機（起因）。擂茶的文化傳統意義也許可以這麼說的。

擂茶被認為山地惡劣生活環境下講究草藥效果的健康食品。做擂茶用的香草可以按照季節氣候的變化，選擇對調整身體健康最合適的，春夏氣候濕熱時用艾草和薄荷，秋天天氣乾燥時用金盞花和白菊，冬天用冬山椒等等很有講究，證明擂茶背後有傳統保健思想。一般製法把這些材料和茶葉一起放在擂缽裡用茶樹樹枝做的擂擋或者山楂樹做的擂擋磨碎後灌熱水做成擂茶汁，之後和芝麻、花生、竹筍、粉絲、肉等一起放在米飯上吃。（王增能〈客家飲食文化〉1995，pp28,29）

據王增能，擂茶也有一個附隨的風俗習慣；在鄉村一做擂茶左鄰右舍的人們手拿花生、鹹豆、橘餅、油炸的食品不約而來熱熱鬧鬧地談笑著吃。我在古晉鄭憲文先生家裡親身體驗過這樣習慣。這也許和客家古來體驗的遷移苦難歷史和居住方式有關係；他們遷移定居，但對鄰近民族來說他們不是「主」而是「客」，因此跟不同語言的鄰近民族發生摩擦，他們自然地加強了團結心，幾十個家庭共同居住以祖廟為中心的巨大的圓

形土樓建築裡。土樓就是保護自己的城牆，城牆裡頭互相幫助共同勞動是人們的共識。附隨擂茶的這種風俗習慣也許在這個特殊居住方式裡，扮演過他們互相瞭解相互信賴而認同為客家人的重要角色。

擂茶和香草

擂茶用的香草可以照季節氣候選擇調整，也可以照嗜好挑選，各家庭味道不同，但茶是共同基本材料。這裡介紹古晉鄭家的擂茶看看什麼特色和怎麼適應南洋，這是10年前研究食品文化時採訪的。太可惜這次沒機會和臺灣客家擂茶相比。

茶以外的主要香草有以下七種，都有獨特的香味和藥效，味道屬「苦味」有涼心火、解表、驅風、散寒、開胃等等效果。鄭先生也是中醫師，據他說苦味有效於保養心臟功能。

1）鵝仔菜：砂勞越當地出產的野菜，土著民族不食用，說是砂勞越客家發現的。苦味，涼心火

2）大風草：驅風、作月子用

3）紫蘇菜：苦味，解熱、抗菌、發汗、增進食慾

4）金不換：苦味，解熱解毒、健胃、止痛、止瀉

5）薄荷：辛味，涼心火

6）艾草：苦味辛味，理氣血，止血、腹痛、止瀉

7）苦食心：柑橘葉，苦味，涼心火

上左：紫蘇菜、上右：苦食心
二排左：大風草、右：艾草
三排：薄荷
下左：鵝仔菜、右：金不換

　　把這些材料乾炒除去水分，加上芝麻用擂缽擂槌磨碎灌熱
水。基本做法不過如此，但在砂勞越沒有山楂樹也沒有茶樹可
做擂搥的，於是砂勞越客家人想到利用胡椒樹根，但這個胡椒
不是胡椒園裡種的，是野生胡椒才有夠大能做擂搥的。胡椒也
是有藥效，砂勞越客家人不忘講究擂茶的保健意義，適應南洋
開始使用胡椒根，擂茶標誌著客家人保持傳統適應當地的文化
生態。擂茶不是藥膳而是日常食品，但其中的保健思想和古代
茶食文化的傳統一直流傳到海外，成了當地華人的日常食品，
乃是代表一個食品文化越過時間和空間的今日生態。

擂茶──傳統和民族認同

上面說過客家研究中有傾向強調他們的刻苦耐勞、富於進取精神、凝聚力和民族自尊心等等優點。如果這個說法過於強調而至客家優越論就有問題，但在這個觀點來說「擂茶」的確以形式和味覺展示客家對傳統的自尊，其背景有披荊斬棘刻苦耐勞遷移開拓新天地但不忘古來傳統的優良精神。不過砂勞越古晉客家由於南洋氣候常年夏天，本來很難繼承照季節調整香草的擂茶做法，因而主要繼承濕熱季節的擂茶。雖然如此富於進取精神的他們、發現了胡椒根具備藥效可以代替山楂樹枝做擂槌，也發現了樹子菜，鵝仔菜等本地特色蔬菜。樹子菜在東南亞一帶自生的野草，一般土著民族不吃，在中國海南和西雙版納一帶也有野生的，能補充人體氨基酸的需要，具有清涼去熱，消除頭疼，降低血壓等功效。鵝仔菜在砂勞越常見的野草土著民族不食用，在中國南部鄉村田野自生，散氣止痛，主治感冒鼻塞有效。擂茶流傳到砂勞越還保留古來茶食文化的傳統，可說是客家認同的文化象徵。

擂茶是中國古時候的茶食文化流傳到馬來西亞，適應環境採用當地材料，但仍保持傳統，代表落地生根的華人文化；肉骨茶毫無疑問是華人獨創的，而代表華人披荊斬棘、刻苦耐勞的精神。這些菜譜顯然值得推廣的旅遊資源是不容置疑的。

華純

　　日籍華人作家，日本華文文學筆會創始人之一，筆會秘書長。世界華文作家交流協會副秘書長。曾任中國環境文學研究會理事。

　　日本筆會（日本ペンクラブ）、國際筆會、中國野生動物保護協會、海外華文女作家協會資深會員。

　　1986年赴日留學，入東京大學研究所研讀社會教育學。供職於日本環保機構、國會議員事務所和建設公司等。一九九九年發表環境文學處女作《沙漠風雲》（長篇小說），入圍首屆全國環境文學優秀作品獎提名。散文集《絲的誘惑——在日本俯拾文明符號》獲中山杯全球華文文學優秀獎。短篇小說《Good-bye》獲盤房杯世界華文文學優秀獎。中篇《茉莉小姐的紅手帕》獲臺灣華僑總會華文著述文藝獎。作品多次入選文學精選著作本，以及作為唯一的環境文學作品載入聯合國基金會贊助出版的《低碳經濟論》環保著作。現為海外報刊專欄作家，自由撰稿人。

這個城市除了亮麗光鮮，還有什麼？

　　寶島臺灣我曾經去過不下六、七次，終因走馬觀花行程匆忙，未及深入觀察它的細部。最近承蒙「財團法人海華文教基金會」贊助「世界華文作家交流協會」采風團，機會頗為難得地環遊寶島一周。這本來是有人文內涵、輕鬆愉快的文學知性之旅，沒想到采風團返回臺北時恰逢「太陽花」學運如火如荼，成千上萬的學生將旅館附近的立法院和行政院圍得水泄不通。寒夜裏這些涉世未深的年輕人春衫薄衣，滿腔熱血，在為他們自己的未來奔走呼號。於是乎，這樣的節外生枝反倒促成真真切切看臺北的瞬間，得以從另一側面瞭解抗爭爆發的是非曲直。

　　一如既往的是，我對臺北始終保持了美好的感覺。興義街上的耳濡目染令我相信這座新舊並存的城市既安全又非常便利。濃厚的人情味和多元文化傳統形成了獨一無二的臺北風貌。因此臨出發前我以為臺灣民眾不會選擇暴力革命。我的書架上有好幾位臺灣作家的著作，他們關於臺灣幾十年社會變遷的文字說明臺灣人已經學會了民主，學會了溫良恭儉讓，學會了和平共處接納不同政見。

可是眼前發生的一切幾乎推翻了這些觀點。臺北一夜間讓外來人在熟悉與陌生中搖擺，疑問接踵而來。

我是提前兩天來到臺北，要去逛街，走夜市，看看書店和老房子。女人心中永遠放著一個帳本，記錄色香味美的飲食和價格。士林夜市是臺北人生活的基礎，華燈初上時那裏車水馬龍，彌漫開來的香味很刺激人胃口，幾乎顛覆舌尖上的記憶。臺北人之善於享受，集市之價廉物美，在夜市攤頭邊走邊吃的過程中盡顯無遺。熙熙攘攘的飲食街保持了良好的秩序，沒有城管隊吆喝，沒有小偷和流氓。人流遁序漸進，商販在道路中間設攤也不用擔心被人擠扁。它讓我認識到臺灣人的公民意識是近年提倡民主而衍生的結果。另一個更具體的例子是朋友帶我參觀中正紀念堂裏的書法展覽會。展會主題是【樹衛時代】，要求80多位作家分別在傳統和實驗這兩個命題下進行藝術創作。我看到多數作家衝破傳統書法束縛，輕鬆幽默的潑墨手法有令人耳目一新之效。它好比是喧鬧都市的詩意生活，也凸顯了公民意識和藝術創作自由。當我漫步臺北最後的眷村──紹興南街時，我更感動於以下的文字：『在大家的故事裏，我們才能理解到底現在的生活從何而來、這個城市除了亮麗光鮮，還有什麼樣深層的力量。』紹興南街的意義，對於臺北曾經的一段歷史之重要是毋庸置疑，它呈現了一種眷村文化。國際人權聯盟（FIDH）曾來此地考察居住權受侵害情況。居民狀告政府將眷村地皮劃給臺大，大量房屋被迫拆遷。有一座破屋門前的自救會旗幟是那樣地鮮豔，暗示人民有權保護自己。在協商過程中居民卻爭取到臺大師生的同情，一起站在公民意識平臺上促進官民互動，公平解決安置問題。

接下來采風團正式從臺北開始觀光訪問，馬不停蹄地拜訪立法院、文化部、外交部、秀威資訊公司，舉行座談會，觀看臺灣文化錄像。這一路上的所觀所想充滿了刺激和喜樂。臺南美濃小鎮上「暖暖遠人村，依依墟裏煙」，使我觸摸到臺灣原住民文化與風貌。臺灣著名作家陳若曦是具有感時憂國意識的作家，她和龍應臺、齊邦媛、張大春等作家代表了臺灣的文化優越感。幾次握手相見，依然感覺其力量有如日月潭水勢浩瀚的一種汜汩。在臺灣，最容易做的事是賺錢，堅持寫作的人必須經得起物質衝擊。或許在陳若曦的眼裏，自由民主的意義遠遠超出了政府界定的意識形態。可是還沒來得及向這位文學前輩請教，我們便遭遇了數萬人抗議服貿協議的學潮。

3月21日晚上，立法院附近參加靜坐示威的兩個年輕人，慷慨激昂地說明他們的訴求。其中一個還是高中生，為了聲援「反黑箱服貿」自發進入集體抗爭現場。他們倆認為服貿協議會給臺灣人民帶來洪水猛獸。又遇到另一個大學生，一再說示威隊伍不會採取任何過激行動擴大矛盾。

我們下榻的旅館離立法院很近，我與同行看到靜坐示威的隊伍秩序井然，搬運公司及時運來支援物資和新鮮的向日葵花。馬路邊很快出現應急廁所。黑壓壓的人群在緩慢向前移動。這一夜我居然放心地睡了一覺，我以為學運很快就會得到政府的回應。不料第二天蘋果日報刊出醒目標題，『擴大抗爭，繼占立法院，包圍國民黨』。夜間有三萬人湧入，學潮燎原到整個臺灣，這場學運被正式標貼為『太陽花』學運。一些學生衝進立法院議場，將立法院區牌踩在腳下。立法院院長稱

審議有關協議是立法院的家務事，斷然拒絕出席馬總統召開的院際會議。這之後，學生在連續幾日的疲勞中爆發了憤怒，事態一發不可收拾……

現場中有一些年輕學生堅決反對暴力抗爭。但是懸掛立法院建築物上的標語很明顯地煽動學生進行占領破壞，「當獨裁成為事實，革命就是義務」。難道臺灣現在是獨裁時代？我不由得懵了。打砸搶與政變有何兩樣？他們讓我想起中國文化大革命出現的紅衛兵造反，其結果是全民皆傷，冤假錯案堆積如山，嚴重摧毀了中華優秀文化遺產。

學運進行到第5天，臺灣「紅衛兵」依然不屈不饒，馬英九政府似乎拿他們毫無辦法。在大陸那一邊，互聯網上一片叫好聲，因為看到兩岸的學運有不同的命運，臺灣學生居然能充分享受集會自由，沒有遭受到武力鎮壓。半夜裏我在ipad上連接微博微信時，不能不談到臺灣采風大開眼界。中華民國尊重公民意識，經濟和物質生活基本穩定，人文環境幾經整合，整個社會呈現文明有序。至於學運為什麼越鬧越兇，學生占據立法院不肯退出等，一時我也不甚明白兩岸服貿協定怎麼會挑起軒然大波。但是很明顯的是，這一代人已經不再背負歷史劃分帶來的陰影，他們抱有不切實的想法，一些過激的破壞行為至少說明欠缺法制觀念。如果換一種說法，也許祇有經過這場動亂，付出巨大代價的學生和政府才能明白民主自由其所以然。

無論如何，江河之濫觴，必有其源。蘋果日報——記者預測這場「自己國家自己救」的3.18學潮，將非常可能為臺灣帶來完全不同的歷史格局。依我之見，是非曲直都有其深久的淵

源。「自己國家自己救」聽起來頗有點臺獨的口吻。當今臺灣學生民主口味很重，有些人以為走獨立之道才能獲得更多的公民權益。但是馬英九政府和寶島百姓，能允許臺灣『紅衛兵』變成『綠衛兵』嗎?!真正的公民既得利益是在哪兒呢？

2014年3月28日初稿
2014年6月15日修改

曾心

　　曾心，生於泰國曼谷，泰籍，祖籍廣東普寧，畢業於廈門大學漢語言文學系，後深造於廣州中醫學院。

　　1982年返回出生地。

　　出版著作：小說散文集《大自然的兒子》、散文集《心追那鐘聲》，微型小說集《藍眼睛》、《消失的曲聲》、論文集《給泰華文學把脈》、詩集《曾心自選集——小詩三百首》等19部。

　　個人獲第8屆亞細安華文文學獎，微型小說《三杯酒》獲全球華人迎奧運微文一等獎，《曾心自選集——小詩300首》獲「首屆國際潮人文學獎」（2000—2012）詩歌獎，閃小說《賣牛》，獲2013泰華閃小說有獎微文比賽冠軍等，作品多篇選入教材和中國各省市中考、高考語文試題。

　　現任泰國留學中國大學校友總會辦公室主任，廈門大學東南亞華文文學研究中心兼職研究員、世界華文作家交流協會副秘書長、泰華作家協會秘書長等職。

翠玉白菜

　　我父親很想親睹（清）「翠玉白菜」，但總與它無緣。

　　他常常向子孫們提起：他的父親曾與珍妃的父親是莫逆之交。當年珍妃出嫁，珍妃的父親送了一件「翠玉白菜」，作為嫁妝。

　　四十年代，父親聽說此「寶」藏在南京文物館，他特地乘飛機去看，正好遇到解放戰爭末期，此「寶」被運到臺灣了。後來他南來泰國，又忙於糊口而奔波，到了退休時，又想到臺灣一睹，卻犯了嚴重的心藏病。

　　今年三月中旬，我隨世界華文作家交流協會到臺北采風，父親再三交待：要我去看看聞名海內外的「翠玉白菜」，以便實現他的夙願。

　　那天到了臺灣國立故宮博物院，參觀人潮有如螞蟻的走動，尤其是翡翠白菜、肉形石、鳥形玉佩等十大珍寶精品，處處人頭攢動，水泄不通，行走一步都十分困難。如按導遊所給參觀一小時的話，那是無法看到的。因此，我只好獨自離隊，擅自加入那道蜿蜒彎曲的長線條。

　　花了一個多小時的排隊，我終於看到了那鎮館之寶──
「翠玉白菜」。只見玻璃櫥內，在底座和長底座之間，微微斜
擺著一塊一半灰白、一半翠綠的玉石，綠色的部份雕成菜葉，
白色部分雕成菜幫，細看，葉上還有兩隻「蟈蟈兒」在攀爬
呢。其「寶」栩栩如生，活靈活現，令人叫絕。解說員說：
「在當時，白菜象徵家世清白，『蟈蟈兒』則有子孫綿延之
意，是件別有含義的嫁妝。」

　　一時，我的心緒有如八月錢塘潮般湧起，高興得似乎失去
控制。我想拍攝，但館裏有明文禁止。我只好買了一盤博物院
的VCD和一張「翠玉白菜」」明信片。

從臺灣采風七天回來，到了門口，我高興地大聲叫：「爸爸，我回來了！」不見有應聲，而見大門鎖著。我驚愕，盤問鄰居的大嫂，她說：「你父親去世三天了，靈柩安放在越貼素璘第一廳。」

　　我趕到了目的地，只見棺木前，兩旁跪著穿孝服的親人，長凳上盤腿坐著和尚在念經。我默然跪下，不知怎麼的，突然閃出一個玄念：父親去世之日，正是我見到「翠玉白菜」之時。我帶著玄之又玄的目光，瞥見靈柩前的遺像，父親宛如向我莞爾一笑。

　　第二天下午火化，我捧著一朵紙白花和一盤VCD及一張明信片，沉痛地徐徐地走上火葬台，輕輕地放進正點著火的靈柩下。

　　我默默地祈禱：願父親在天有靈，能見到心儀一生的「翠玉白菜」。

二〇一四年四月一日

臺灣行

（詩二首）

許願，在日月潭
霧在波上走
船在浪中行
心在船頭激盪

左手
攬住如輪的日潭
右手
抱著如鉤的月潭
掬一湖溫馨
飲一壺山水

仰望山頂的文武廟
合十膜拜
默默許個久積心頭的「願」

要問許的什麼「願」
請問
那帶著微笑
徐徐下山的夕陽

浪漫，在愛河
霓虹燈閃閃爍爍
紅橙黃綠青藍紫在水上飄
兩岸散發著迷人的咖啡香

座椅上的情人
談情說愛
甜甜蜜蜜
不如珠海香爐灣畔的「肉麻」
不像泰國帕塔雅海邊的「裸露」
還是很中國很中國

我沒有情人
只有浪漫的心
獨自坐在河邊吃霜淇淋

一條「愛之船」駛來
帶來一陣浪漫的風情

我的心跳進船裏
跟著羅曼蒂克去

遠處的河心
停留著一輪明月
我隨心把它撈起
哈！宛如我手中
那顆圓圓的霜淇淋

✤ 朵拉

　　朵拉——原名林月絲，出生於檳城。專業作家、畫家。祖籍福建惠安。在中國、臺灣、新加坡、馬來西亞出版個人集共43本。現為中國大陸《讀者》雜誌簽約作者、世界華文微型小說研究會理事、世界華文作家交流協會副秘書長、環球作家編委、中國王鼎鈞文學研究中心特邀研究員、馬來西亞華人文化協會檳州分會副會長、大馬華文作家協會會員、浮羅山背藝術協會主席、檳城水墨畫協會主席，馬來西亞TOCCATA藝術空間文化總監，大馬拿督林慶金JP出版獎總策劃，檳州華人大會堂文學組主任。小說《行人道上的鏡子和鳥》被譯成日文，並在英國拍成電影短片，於日本首映。曾獲讀者票選為國內十大最受歡迎作家之一，文學作品譯成日文、馬來文等。曾獲國內外大小文學獎共41個，包括第二屆世界華文微型小說獎（黔台杯）等。80年代開始水墨畫創作，2000年開始油畫及膠彩創作，圖畫個展及聯展50餘次。

美濃情濃

　　一路上，葉子像青翠色大梳子的椰樹和絢豔鮮紅色的木棉花排成兩行，以春天的姿態來迎接世界華文作家交流協會的采風團，坐在旅遊巴士裏，我們一邊聽導遊介紹美濃的客家人和客家菜，一邊看著路邊的樹慢慢轉成檳榔和香蕉，還有木瓜。「這些都是美濃的特產」，掩映在果樹後面的是一片碧綠的稻田，「美濃也種稻米」。自臺北一路陪同我們到南部來的導遊黃先生這樣說。平日教導外語並通法語，從年輕就外出念書遊學，瑞士、法國、日本、英國、美國，跑了很多國家，見過很多世面的黃先生，偶爾客串當導遊，他知識面廣，好閱讀，而且一點不吝嗇，時時提供我們各種豐富的知識，包括保健和環保，再加上他對臺灣的歷史掌故、政治時事皆瞭若指掌，除此之外我們還獲得花紅，他很樂意將他聽來的，看來的，那些流傳日久，似真似假的名人故事，與我們分享，沿途精彩動人的演說，和窗外樸素明媚的風景一樣，贏得全團人讚賞的掌聲。

　　「在高雄縣的美濃鎮，基本上是個客家莊。晴耕雨讀是客家人的生活習慣，這兒保留最完整的客家人習俗。客家話是唐朝官話，不信你試試用客家話來念唐詩，音韻貼切，因為唐朝

時候，很多客家人在朝廷當官……」話猶未完，車子突然停下，路邊立的紅白相間大牌子是「臺灣基督長老教會美濃教會」，下面是一個電話號碼。黃先生宣佈，我們等待美濃的原鄉人黃森蘭老師，原來他特別安排一個美濃人來為我們講解帶路。

從臺北特別安排乘搭高鐵到左營，一下高鐵，車站大大的廣告牌子寫著「高雄春天藝術節」，看著就讓人歡喜，有個男生拉著旅行箱，在觀看排列在牌子旁邊的藝術節廣告宣傳單，忍不住拍下照片作為紀念。我們這趟卻非為高雄的春天藝術節而來，作家團是到美濃，其中一個重要景點為鍾理和文學紀念館。

「原鄉人的血，必需流返原鄉，才會停止沸騰。」2004年3月，正好是10年前，北京溫家寶總理在北京人民大會堂，新聞發佈會時，朗誦過這一句《原鄉人》，大家即時對《原鄉人》的作者鍾理和另眼相看。

早在80年代，短篇小說《原鄉人》由導演李行拍成電影，男女主角是紅極一時的秦漢和林鳳嬌。由翁清溪作曲，鄧麗君演唱的歌曲獲得第18屆金馬獎最佳原創電影歌曲。改編的電影故事包括作者鍾理和本人的經歷。

生於臺灣屏東縣的鍾理和，祖先從廣東梅縣遷到臺灣，鍾理和的父親長袖善舞，生意做得很成功，是當地名人，為大戶人家。但鍾理和因過度沉溺於讀小說，結果考不上中學。18歲隨父移居美濃，19歲愛上與他同姓的女子鍾台妹，在仍然迷信「同姓不許通婚」的年代，他們的愛情沒有獲得祝福。不被諒解的鍾理和帶著他心愛的台妹，遠走中國東北。1940年在瀋陽結婚，1945年在北京出版首本小說《夾竹桃》，1946年回到

臺灣，開始創作長篇《笠山農場》、中篇《雨》、短篇《原鄉人》、《貧賤夫妻》等許多小說。

因為電影《原鄉人》，做為原書作者的鍾理和突然變得大紅大紫，可是，這已經是作者身故二十年以後的事了。1960年，才45歲壯年的鍾理和，生活艱苦貧病交加，最終敵不過病魔，離開了人間，生前只出版過一本小說集。

他在臨死前，給兒子的遺言是：「吾死後，務將所有遺稿付之一炬，吾家後人，不得再有從事文學者。」今天他的兒子鍾鐵民，也是一位作家。

蜿蜒盤旋的路是文學的路，也是到鍾理和文學紀念館的路，車子停在朝元禪寺門口，下車後繼續向上走一小段山坡道，在還沒有穿過石橋之前，綠樹林立的橋邊有塊由高雄縣縣長立的大石，鐫刻著「鍾理和紀念公園暨臺灣文學步道園區」的紅字。

1979年，6個臺灣文學家：林海音、鍾肇政、鄭清文、李喬、葉石濤和張良澤，聯名發起籌建鍾理和紀念館，費4年，後建成。這在當年是難得一見的唯一一個平民紀念館。

糾纏滿地的橙黃色馬櫻丹，朵朵金黃花昂揚挺立，卻沒遮住橋頭刻的「平妹橋」橋名，鍾台妹又名平妹。橋兩邊矗立的牌子，鐫有作家手掌印和筆跡：2010-3-4・文學是人類靈魂的故鄉・鍾肇政，2010-3-4・文學是文化的花朵・李喬，2011-10-11・有文學的所在，就有樹林，有樹林的所在，就有文學・陳坤崙……都是挺有意思的文學佳句。一邊走一邊讀，底下還有鍾理和幾本小說的封面圖，設計風格和此地一樣樸素簡約。

穿過石橋，沿著山路，路兩邊青翠的樹林間，擺設不同造型的石刻，這條文學步道，共有35臺灣文學家的生平簡介和名句精華，其中一個石刻是王昶雄．阮若是打開心內的門窗．阮若打開心內的門，就會看見五彩的春光，阮若打開心內的窗，就會看見心愛彼的人。認識華文字的我，字字會讀，但看了不明白。後來問了曾經在臺灣念大學的妹妹，她解釋，這是閩南話，而這首詩已經譜成曲，是閩南歌，已故帽子歌后鳳飛飛和後來的閩南歌后江蕙都唱過。「阮」是我的意思，心愛「彼」的人，意思是「我心愛的那個人」。原來王是閩南語作家，這才恍然大悟。鍾理和和鍾平妹的故事，聽著浪漫，在現實生活中，固然美麗甜蜜，同時也充滿辛酸的淚水。然而，只要看見心愛的那個人，所有的痛楚，一切的辛苦，都是值得的。

　　兩層樓的洋房，一進去就見戴帽子穿大衣戴眼鏡的鍾理和看著你，半身雕像底下是銅版鐫制的鍾理和生平事蹟。右邊有個「原鄉人」角落。牆上一幅美濃平原大畫，鍾理和的半身雕像擺在書桌邊，另一幅牆掛著鍾理和夫婦抱著兒子的油畫，靠牆處有作家創作用的書桌、椅子，旁邊是個四層小書架，書桌上擱著稿紙和筆。對面整幅牆上是作家年輕的英俊樣貌，旁邊書著「信念」兩個大字，下邊有鍾平妹的秀氣小照。再過去的兩面牆，則有「為了愛」和「為了文學—終至咯血而死」，這兒有理小平頭，看著瘦弱的作家的大頭照，嵌在美濃矮矮的山的照片裏。

　　樓下是鍾理和個人紀念館，樓上展出臺灣其他作家的手稿和著作。再上去還有個半樓，樓梯上掛著長條幅：「人和土地的書寫—鍾理和的文學世界。」

步行回到平妹橋，臨走時抬頭一望，紅橙色的非洲鬱金香在樹上像火焰樣地綻放。花開得熙攘熱鬧，但整個下午就只我們一團人在參觀，這裏是比較少人來的景點吧？文學事業寂寞，文學星空寥落，但文學人仍期待花兒盛開，期盼星光燦爛。一個在臺灣現代文學史上具有重要地位，臺灣鄉土文學傑出的奠基人之一，卻是「倒在血泊裏的筆耕者」，叫人痛心惋惜。生前沒有人給他一個地位，他照樣堅持，默默創作，去世後有一顆小行星被命名為「鍾理和」。

　　上車以後，一路上照樣是高高的檳榔樹，木瓜樹，香蕉樹，茉莉花，在稻田中央飛翔的白鷺，火紅的夕陽，車子走在鍾理和的小說場景裏，導遊透露，《原鄉人》當年在臺灣被退稿，卻在香港獲獎。這話多少安慰了作家團的作家們。寫作者都有失意的時候。幸好，好的作品存在著永恆性，當下不一定被欣賞，但經過許多年仍在流傳，這讓人看見文字的本領之高強，具有穿透時空的力量。

一、六堆地主家庭出身
Born in a Liudui landlord's family

鍾理和：高雄縣美濃鎮人，1915年12月15日生，原籍屏東新大路關（今屏東縣高樹鄉廣興村）Chung, Li-ho. A native of Meinong, Kaohsiung County, born on December 15th, 1915. At Daluguan, Pingtung Hsie Guangxiang, Gaoshu Xiang, Pingtung).

父親鍾鎮榮（編名蕃薯）是六堆客家地區有名的地主和企業家，晚年在美濃經營農場，準備退休養老。母親劉水娘。
His father, married to Suimei Liu, was a well-known landlord and also an entrepreneur at the Liudui area, ran a farm at Meinong in his late years, preparing for retirement.

八歲入鹽埔公學校，同學有鍾和鳴（浩東）、鍾九河、路連珠。畢業後鍾理和未能順利升學，入長治公學校漢文高等科，其後再接受私塾高等漢文教育兩年，開始閱讀中國古體及新體小說，寫作短文〈由一個唐化了的裝別的啟示〉，章回小說《雨夜花》，有從事創作、當作家的憧憬。
At eight, Li-ho attended Yanpu Public School, studying with Haodong Zhong, Gjiuho Zhong, and Lianzhu Ditu. In the outer-mers, they went to Gaoshu Private School. After graduation, Li-ho was unable to gain admittance to Middle School, so he went to Public Changzhi Vocational School, where he studied Chinese for another two years. At the same time, he began to study traditional and modern Chinese novels. He wrote a short essay, entitled Implications for a beggar, a traditional style novel Flowers in Rainy Nights, and began to devote himself to writing.

鍾理和許多作品都取材於早年故鄉的生活，如假黎婆、阿遠、初戀、還鄉記、往事、原鄉人、尤武山登山記等，記錄故鄉的風土人物。
A lot of Li-ho's writings deal with his childhood. For instance, Gia-li-po, A-yuan, First Love, The Return of the Native, The by-gone Affairs, Yuan-xiang Ren, Notes on Da-wu-shai.

鍾理和的文學生活

參觀動線

落鼻祖師公

　　自車窗望出去，穿過樹和樹的枝幹間，懸掛「黃昏市場」大字底下，是一座小鎮風情建築物，低低矮矮，看似鋅板的蓋頂，蓋頂下列明「非消費者每小時收費100元，本市場消費者免費停車一小時。」前面停有不少汽車，不知是消費或非消費者。市場裏邊稍暗，燈泡晃晃亮著，還來不及看清楚售賣什麼東西，巴士踅進光明路，再後邊的不遠處，幾棟高高的公寓房子，視窗像眼睛一樣，看著我們的巴士車駛過。

　　「這裡叫三峽黃昏市場。」導遊說。「三峽，以前泉州人搭船來到臺灣，下船的地點就是這兒。」泉州，那是祖父當年南來之前住的地方。「這塊三角地帶，是橫溪、大漢溪和三峽溪經過的地方，舊名又叫『三角湧』」。一聽感覺更添親切。檳城市區往亞依淡（馬來文為AYERHITAM—意思是黑水河）著名景點極樂寺的大路，靠近鍾靈中學那一帶，舊名「三角湧」，想來當年亦該是三條河溪彙聚的地方。叫了那麼久的地名，你一說大家都知道，但卻一直這樣叫下來，沒人追究為何名「三角湧」？待來到臺灣，才真相大白。

臺灣新北市三峽既有泉州，又有「三角湧」，足以讓我賓至如歸，還沒走上長福橋，見旁邊「安溪國民小學」。安溪，不正是福建省閩南地方一個以茶葉著名的山城嗎？過橋是要去參觀長福岩清水祖師廟。供奉在廟裡的清水祖師俗名陳昭應，根據《安溪縣誌》記錄是宋朝人士，師從明松禪師，出師後為貧困者施醫贈藥，為鄉里造橋修路，原為福建永春人，一回安溪長年不雨，陳應鄉民懇求，到安溪求雨，果然解決長久的大旱，後來到各處祈雨，皆有奇蹟，聲名大噪。死後鄉民建塔奉祀，升天成神，玉皇大帝敕封他為「清水祖師」。另一說法是陳昭應曾追隨文天祥扶宋抗元，被奉為民族英雄，明太祖追封他為「護國公」，並在他生前隱居的福建安溪清水岩建築祠堂，安溪人尊稱他為「祖師公」。

　　春風吹拂的下午，要到祖師公廟的長福橋，兩旁攤販擺賣旅遊紀念品，也售水果。以磚塊鋪就的寬闊結實長橋在這時段不太熱鬧，生意看來不叫興隆，小販卻也悠然自得地邊聊天吃東西，不為來了遊客而起哄。老遊客對購物亦無購興，沒人停駐詢問，注意力全被橋兩側精雕細刻，動作表情生動但姿態都不太相同的120只石獅子吸引。還未走到梯階轉角處，縱然一路都飄灑著時有時無的小雨，「臺灣最美的廟宇」卻在陽光下閃爍著璀璨絢麗的光彩，情不自禁腳步加快下梯階。

　　因地震和戰爭，曾三度重建的清水祖師廟，1947年在出生於三峽的畫家李梅樹的規劃和監工下，采古代中國傳統式的五門三殿格局，以木為頂，以石為基，廟頂層層疊疊的雕刻，殿內木雕、石刻、銅雕、銅鑄等，皆取材於民間傳說、神話故事

或歷史掌故。建築與雕刻的技巧之繁複，手法之精細，被譽為鬼斧神工，匠心獨具，素有「東方藝術殿堂」之稱，臺灣人把這富麗堂皇的清水祖師廟視為中國傳統文化的藝術館，也是石雕木作的博物館。

占地五百餘坪，從前殿的銅門開始、牆壁、廊柱，無處不雕，無處不琢，精巧細膩地把中國文學經典作品裏的人物和故事，如三國演義「黃鶴樓周瑜設詭計」、「關公念舊情放曹操」，楚漢之爭的「鴻門宴」等栩栩如生地呈現，還有歷史人物如精忠報國的岳飛、代父從軍的花木蘭、臥薪嘗膽的勾踐、孔子問禮於老子等意義深長的典故也重現於牆雕；其他如生動靈活的花鳥、走獸、飛禽之外，更有名人的對聯書法也請石匠以陰文鐫刻在石柱，至於寺廟裏常見的四大金剛、哼哈二將，皆神態威武、氣勢非凡，遊人抬頭仰望，無不即時生出崇敬之心。

走進臺灣廟宇藝術顛峰之作裡頭，愛好藝術的遊人眼花繚亂，流連忘返，導遊叫大家回返旅遊巴士的技巧也很藝術，先買好多牛角包過來請大家吃，一邊提醒眾人時間到了快上車。這裡出名的小吃有臭豆腐、醬菜、豬血湯、肉圓，還有手工藝品如繡花鞋、藍染布和植物染布等等，其中最為著名的即是牛角包。介紹三峽時聽著非常閩南風味，然而這些小吃之味極其獨特而濃郁，和閩南食物似乎不太相似。聽著美味，價錢也廉宜，真要品嘗卻有心無力。對於臭豆腐、醬菜、豬血等漬菜及動物內臟，平時敬而遠之，身份為遊客時飲食益發謹慎，唯有這酥油烤就金黃色調的牛角形麵包，讓我在回憶清水祖師廟時一起回味無窮。

但是，金牛角好像也不是從福建傳過來，而是臺灣的閩南人開發的小食。安溪人當年遷移臺灣，希望神明跟來庇佑，把清水祖師一起帶著，心靈上有了寄託和慰藉。祖師公的靈驗故事很多，最出名的是一旦天災人禍即將發生，祖師公一定先向信徒發出警告。不會說話的祖師，警示的方法是鼻子或下巴掉落下來，信眾因此又把清水祖師稱「落鼻祖師」或是「落鼻祖」。

　　從這稱呼裡發現，臺灣的信眾和祖師公的關係真是亦師亦友。祖師公高高在上，受到眾人尊敬和膜拜，因此叫「公」，但因鼻子會落下來，便毫不客氣就叫「落鼻祖」，也不認真去找個比較好聽的什麼字眼來替代，奇怪的是，聽著卻也沒令人感覺無禮或不敬。

　　落鼻顯靈的事在日治時代就有傳說，那年五月份發生瘟疫，信徒請祖師公出巡，盼望消災解厄。日治時期，遊行是違法的，日本警官因此攔下阻止，這時祖師公的鼻子突然落下，大家驚嚇不已，法師作法後沾上香灰符水將鼻子黏上，這時人們跟日本警官說，如果他能把剛黏上的鼻子拔下，大家馬上打道回廟，日本警官不信邪，但不論他如何使勁，祖師公的鼻子就是牢牢固固拔不下來。

　　從此，五月初六祖師公出巡成為慣例。

　　當我聽到臉面烏黑的祖師公又稱「黑面祖師」時，再度吃驚，小時候聽過一首閩南語童謠：「黑面祖師公白眉毛，無人甲你請，自己嘿自己來，一個面仔攔笑咳咳，笑甲一個嘴仔離兮兮，到底為啥帶，為啥帶，撈椅頭仔看目眉，椅頭仔踏

無好，削落來，嘿，削一個有嘴齒攔無下骸，真厲害，大聲小聲唉，無講無人知，無人知。」有人說是臺灣童謠，我沒有懷疑，但我的童年和臺灣並無絲毫牽連，因此聯想，會不會是源自泉州或安溪呢？

在夕陽無限好的黃昏時分，我們離開三峽黃昏市場，童謠在腦海裏迴旋，唱了半生的童謠，竟不知道，清水祖師即是黑面祖師，還有那「落鼻祖師」之名，充滿鄉土味，卻叫人覺得這位祖師公真是無比親切。

花見陽明山

「看，那邊，是櫻花呢！」有人興奮地喊了起來。

車子繞著山路慢慢往上開，山道兩旁皆是山和樹。每個轉角都有大片大片的姹紫嫣紅迎面而來，嫵媚多姿，絢麗多彩，令人目不暇接。

之前在蓮田餐廳吃飯，主人告訴我們陽明山是臺灣的大型自然公園，氣候溫和，一年四季有花開。梅花、茶花、桃花、水仙花、櫻花、李花、海芋花、杏花等。春天的賞花期是在2月21日至4月5日，在這一個半月的花季期間，漫山遍野，百花盛放，慕名到來陽明山看鮮花爭妍鬥麗的國內外遊人多達兩百萬。

我們正逢燦爛的花季，導遊指著巴士外頭說，這裏人稱「草山春色」，是臺灣十大美景之一。原來陽明山國家公園在滿清統治時代，因盛產硫磺，官府擔心有人匿藏在樹林間盜竊硫磺，於是定期放火燒山，結果整座山不是光禿禿，便是只長五節芒，大家省略了芒草的芒，稱此地「草山」。1950年，蔣介石為紀念明代學者王陽明，將「草山」改名為陽明山，山上並立有王陽明塑像。

細雨紛紛的春日，太陽時隱時現，園裏的萬紫千紅在召喚車上的遊人，一下車但見廣場邊的巨型「花鐘」。以綠草為底，遍植五彩繽紛的不同花卉，整點即播放悅耳音樂的花鐘，是陽明山知名地標之一。

　　背著花鐘照相，抬頭便看見，不遠處的山坡上，密密植著櫻花樹，這時一團團粉白，一簇簇緋紅，兀自綻放和凋零。那喧囂又恬靜的盛開和墜落，那熱烈無比卻不出一點聲息的強烈衝突，教我雙手掩著嘴巴，不敢開口，深怕被震撼的心會從口裏跳出來。

　　落櫻是雪。這下明白了！

　　日本徘句喜歡以「花吹雪」或「花雪」來形容櫻花，倘若說眼見為實，眼前落櫻正如雪花不斷地飄灑，難怪「天也醉櫻花，雲腳亂蹣跚」，老天也為層層疊疊在怒放的櫻花陶醉，更何況為花醉的人，腳步情不自禁朝向櫻花林走去。

　　喂喂！同來的作家在梯階上喊我，大家先去看瀑布，不要走散了呀！驚豔的人回魂過來，攀上梯階跟著大隊往大屯瀑布區走去。

　　住在熱帶的人是在日本文學中初識櫻花。許多年來只開在書面上像夢一般的櫻花，安原貞室的俳句「哎呀連聲贊，花落吉野山」，今天終於實現在陽明山。

　　後來看到魯迅寫日本「上野的櫻花爛漫的時節，望去也像緋紅的輕雲」。緋紅的輕雲這時就在梯階左邊的樹林裏閃現，蒼鬱翠綠的林子，時不時點綴著一兩棵櫻花樹。雖然在書上認

識了櫻花，卻不深入，名字詩意得讓人手足無措，甚至怵目驚心的：緋寒櫻、瀑布櫻、彼岸櫻、山重櫻、綿雲櫻、淡墨櫻，都限於在畫面和文字上，沒去認真學習和研究，也許，從來不曾想過，有朝一日竟然真的有機會和櫻花相遇吧。

　　就像所有的意外一樣，櫻花突然在暫態間迎面過來。那年受邀到加拿大和當地畫家交流，旅遊巴士穿過溫哥華島的維多利亞市區，我們目的地是北部的布查特花園。玻璃窗外的行道樹，懸滿簇簇團團的鮮花，在初春的風中絮絮晃蕩飄搖，那動人的風姿，叫我抑止不住，打斷導遊阿肯對溫哥華的介紹，插嘴問道：這是什麼花？阿肯看也不看就回答，櫻花。他也知道他自己的華語不夠標準，說完又加一句日語SAKURA。我沒有回話，拿起相機，不停地拍攝。那個時候攝影需用菲林，過後尚要沖洗，才能見到相片的效果。阿肯不是嘲笑，只是好笑：到了布查特花園，有更多更美的花。他說得沒錯，只不過，那些花，不是櫻花。

　　之前，一心認定看見櫻花的地點，是在東方的日本，卻在位於西方的加拿大和櫻花首次相會，從此益發相信緣份這回事。

　　這趟臺灣行，世界華文作家交流協會，安排在三月，非為櫻花來，卻又巧逢櫻花在盛開，這份因緣際會確實難得，只因邊開邊落的櫻花，怒放的姿態僅僅數日便開到荼蘼。俗語的「櫻花七日」，正說的是花期之短暫。櫻花離樹後，要再看花，就等明年三月再來吧。只不過，重來的時候，惆悵的是，那花不是這花呀！

阿肯說了SAKURA，車上有人唱起日文版的「櫻花歌」。譯為華文的歌詞和曲調一樣充滿悵惘：「櫻花呀櫻花呀，陽春三月晴空下，一望無際櫻花喲，花似雲朵似彩霞，芳香無比美如畫，去看吧去看吧，快去看櫻花。」

　　去看吧，去看吧，快去看櫻花，一再催促聽歌的人，別再拖延，別再等待，紅色、白色的櫻花在空中緩緩飄蕩，翩翩起舞，一個轉眼，似錦的繁花萎頓在地上，鋪開一條紅白的花地毯。

　　樹林裏的瀑布是美的，若有似無的小雨飄灑著，遊人不多，靜謐得可以聽到瀑布的嘩嘩聲，水邊的空氣極其清新，大家都捨不得離開，然而心裡牽掛著山坡上那些璨璨發亮的櫻花，拍過幾張照片便循著原路下山，半路在亭子間休息時，遇到很小很小的蜥蜴爬在竹子欄杆上，有人說不是蜥蜴，是變色龍，它卻沒有變色給我們看，聽到人聲說話也不吃驚，似乎小得還不懂害怕。一路下梯階，時雨時晴間，竟有蝴蝶在花叢中飛舞，聽說陽明山有蝴蝶130種，其中有些是獨有的。白色有黃花點的蝴蝶，很像我平時在自家花園晨運時遇到的那種，應該就是很一般的它們了，從來不相信自己運氣有那樣好。

　　遇到櫻花季，已經是最好的運氣，「在櫻花樹下，沒有陌路人」，都是愛花才來此相聚。櫻花樹下的人，不停不停地按相機，芳華如此易逝，人們在替櫻花焦急呀。

　　日文有「花見」二字，意思是在櫻花樹下舉行露天的賞花大會。每到春天，日本人不忘安排「花見」儀式，提醒人們

「當下即是真」，珍惜眼前花，也珍惜眼前人。步履緩慢地穿過繁華輝煌的櫻花樹，所有的良辰美景，永遠都稍縱即逝，流連忘返的人們，唯有不斷地回頭。

人們替櫻花感歎，粉白緋紅的花兒，卻悠然自若地開著，落著。

空氣中飄浮著一股濃郁的花香味，一切如夢似幻，那如雨的花瓣，還在墜落，落在身上，眷戀著，捨不得掃落，拎在手上思量，帶不帶走呢？

終於放下。

雖然倉皇匆忙，總算沒有錯過這一場櫻花的開落，這就已經足夠。

等到全部的人上車，導遊把下一個節目告訴大家：北海岸的風光在期待旅人的到來。從陽明山經過金山再到石門，接著到淡水晚餐。

車子往下山的路開去，有人在車上喊著：「看，那邊也有，也是櫻花呢！」

 # 謝振煜

　　謝振煜，世界華文作家交流協會副秘書長，民25年生於越南芽莊，籍貫廣東番禺，臺灣中國新聞學校畢業，歷任越南西貢自由之聲電臺評論撰稿人，越南堤岸亞洲日報新聞編輯，著有新詩「獻給我的愛人」、文學評介「傘‧古怪‧現代詩」、越南短篇小說中譯「遲來的禮物」、李文雄編著「增訂越華大辭典」校訂、「謝振煜全集」等二十種。「越南華文文學網」站長。現職寫作教學。

與我同行

與氣如虹同居了，才發現他有很多好處。

老朋友了，我七十九，他六十幾，彼此彼此。氣如虹是幾個從前在越南去了外國變了作家的文友。我時常說，越華文壇的精英都跑到外國去，只有我這個老東西精英不起來。

氣如虹是個爭議性的筆名，在越南一度被排斥，因為他參軍打越共，但結果就因為氣壯如虹，還是「氣」壯「如虹」而且更壯了。

這次去臺灣，多虧他與我同行，簽證蓋章、進閘出閘、登機處處受他照顧。這個跑國際碼頭，周遊列國的老朋友在回程時也嚇了我一跳。

「你幾件行李，不準登機。」

他望著我一個手提袋三個行李，不住搖頭。他一個大型行李，秤了又秤，擔心二十五公斤超載。我更望著三個行李愁眉苦臉。

「世界華文作家交流協會」臺灣采風團、定居澳洲的黃玉液（心水）秘書長率領了從澳洲、荷蘭、美國、紐西蘭、新加波、日本、泰國、越南、馬來西亞及中國等十個國家十餘地

區的八位副秘書長、秘書處兩位中文秘書、公關、財務、會友及常務顧問等十六位，接受臺灣財團法人海華文教基金會的邀請，浩浩蕩蕩作六日的密集參訪，跑了大半個臺灣。

一路上，在臺灣的黃益謙領隊一直鼓著如彈簧之舌講臺灣名勝古蹟，風土人情，還是講了幾次才習慣各位世界華文作家的開場白，而副秘書長們也欣然接受了這個尊稱，而且互呼作家。

采風團真好，沒兩天，團員都混熟了，與其說到處參訪，不如說交流協會的秘書長、副秘書長們打成一片了，這絕非電郵可比。

電郵，早些時候我接過林爽的，心裡想，有哪位熱心的先生經常給我資訊，在采風團碰上了，原來是美眉。美眉，那天謁蔣公陵寢，一路上我跟林爽辯論一個問題，讓後面一個女人忍不住對我說：

「要聽老婆。」

我與林爽相視而笑。

日本華純與荷蘭池蓮子同居，感冒起來，池醫生作家照顧得她體貼入微，成為美談。一定還有許多同居的作家發生了不可告人的事，因為再沒聽說，就都變成男人女人不可告人，苓芩不就寫了著名的「男人、女人，不可告人」？

幾天密集的參訪，幾乎走遍臺灣。每到一處，大家都忙著拍照，好有一張齊天大聖到此一遊的照片。我不能免俗，拍照，就只好麻煩照顧我的氣如虹。他給我拍照，禮尚往來，我也要給他拍。他總是搖頭。原來他是個現實主義者：

「只顧拍照，回去想想觀賞了什麼風景，只好看照片，真正的風景並沒觀賞。」

氣如虹真的很多好處，何止好處，那些中文、越文修養，越談越顯露出來。

三月二十四日返越，我請他與莫炳華老師等吃吉祥。是答謝莫老師給我的全集封面題字，同時答謝氣如虹一路上給我的照顧。

過了幾天，我有事情請教氣如虹，簡訊：

「阮惠路解放前也叫阮惠嗎？」

「是的。」

「什麼時候飛美國？」

「五月底。」

「找機會請你喝咖啡討教。」

「不敢當，討論問題不妨。」

「有你這個大智而謙虛的作家，交流協會有福了。我『人在臺灣』正在寫氣如虹，要加一筆了。」

「不，協會正需要像您這樣積極進取的人，我太低調，沒人欣賞。」

民國一○三年四月八日於越南堤岸

氣如虹（左）與謝振煜於高雄佛光山合影。

寶島閃爍

愛之船

　　如果說愛情都是盲目的，氣如虹和我也在夜色蒼茫中幾乎是盲目地遊愛河。

　　三月十九日下午遊美濃小鎮，晚餐後走了一個鐘頭車程，世界華文作家交流協會臺灣采風團大夥兒摸黑遊愛河。

　　國賓飯店就在愛河對面，我們漫步出去，遠遠望去一座高大的塑像在夜空中閃光。那是叫做鰲躍龍翔的龍頭魚尾像，越過塑像，愛河呈現面前了。

　　愛河露天咖啡廣場冷冷清清，臺灣的愛人們把愛河給冷落了？

　　氣如虹和我沿河漫步。他來過臺灣幾趟，每到一處，都說那一年來過，聽得我好羨慕，但是我有他比不上的地方，臺灣，我四十八年前來過。

　　遠處的霓虹彩燈亮著好誘人的三個大字：愛之船。原來那是遊河的國賓站。我們放步過去。氣如虹沒遊過愛河。我們買票，等船。

　　一艘遊罷的愛之船泊岸，卸下一批愛河永浴的遊客。我們登船，一覽愛河夜色。

船長沿線講述愛河典故和相關常識。愛之船在夜河上蕩呀蕩，兩岸的高大建築物在光輝的燈光下十分悅目，悅目出了臺灣的進步。

　　蕩呀蕩，我想起西貢河的餐船，新加坡河的遊船，各有風光，愛河又給了我新的閱歷。而愛河的愛字，讓我想得很多，想得很多青心才人小說「金雲翹傳」詞曰：苦只為情多，情多苦奈何？想得很多越南著名女作家原香小說「遲來的禮物」的結語：「誰懂得愛將活得更美。」

民國一○三年四月十日於越南堤岸

謝振煌在愛之船碼頭留影。

氣如虹

原名：周永新，祖籍：中國廣東省番禺縣人。二十世紀四十年代初出生於越南堤岸，生活了五十多載，一九九七年移民美國，居住亞利桑那州鳳凰城。

少年就讀堤岸番禺學校，其後選讀臺灣中華函校高中進修科與新聞教育科。並補習越文課程與會計簿記。

小學開始執筆創作，練習投稿，作品發表於越南各華文報紙及臺灣、香港之文藝刊物，偶爾參加各項徵文，領取獎品。

當過學徒雜役，售貨店員，文書會計，服役從軍，報社特約，電阻工作。

曾開設塑膠製造，玻璃工廠，旅遊業務，雜貨商店。

平生愛好寫作，態度嚴謹，保持自我風格，言之有物，不虛偽，不諂媚，不奉承，寧缺毋濫，數量不多。

現為亞省華人筆會、亞利桑那州華文作家協會會員，風笛詩社網站美加顧問，世界華文作家交流協會副秘書長。

臺灣采風現風采

往昔印象

　　二○一四年三月十六日，我搭乘長榮航空飛往臺灣，參加世界華文作家交流協會的臺灣采風團，這是世華作家交流協會成立四年來，第二度組成的龐大活動，全憑澳洲墨爾本心水秘書長的領導能力，獲得臺灣財團法人海華文教基金會的贊助，促成實現，發函邀請，招待食宿行程一星期，令我歡欣，讓我感動！

　　抵達臺灣，心情非常興奮，思潮澎湃起伏。臺灣往昔的印象，一段段展現在腦子裡！

　　臺灣，對我很有親切感，不只是單純的地理名詞，不僅是太平洋上的島嶼，還有山河秀麗，祖國氣勢，民族感情，教育薰陶，文化韻味，藝術展露，人情濃郁……多方面的人文色彩！

　　我雖然生長在越南堤岸，臺灣很早就在心靈留下烙印。當年海外華僑，隸屬中華民國管轄，國府播遷到臺灣，僑胞當然面向臺灣，緊密聯繫僑務。我小時候就讀僑校，教科書都是臺灣正中書局供應，甚至音樂科目，也採用臺灣的「愛國

歌曲」，其中有充滿寶島氣息的《臺灣小調》、《阿里山之歌》，學生們都懂得哼唱。而《團城臥斷虹》最後一句歌詞：「寶島軍民氣如虹」，就是令我放棄悲觀筆名，改用雄壯筆名的開端，不經不覺超過半世紀！

少年的我家境窮困，小學畢業後就無錢升學，只好選讀中華民國僑民教育函授學校課程，「高中進修科」，「新聞教育科」，每月講義由臺灣寄來，做妥答卷寄回臺灣去，兩年如此學習，收到不少課外讀物，如沈英名的《孟玉詞譜》、黃乾的《中國文學史話》等等，還有《函校通訊》月刊交流知識，試問我怎麼會忘記臺灣？

不止於這些，就讀小學五年級時期，堤岸大光明戲院播放《今日祖國》，那是蔣介石國慶閱兵大典場面的紀錄片，發動觀感徵文比賽，這是我在學校以外公開參加首次徵文，獲得第五名。幾年後，我又參加勝利戲院放映中影製作的《我女若蘭》徵文，獲得自由組第三名，這些影片都來自臺灣。

此外，臺灣的歌星藝人喜歡到越南表演，此去彼來，年年如是輪流轉，讓越南華人各界認識臺灣，娃娃歌后鄧麗君啦、李棠華雜技團啦、中華歌舞團啦、世界小姐亞軍李秀英啦……民間文化交流熱鬧鼎盛。最難忘的、最隆重的是中華民國空軍雷虎小組到西貢上空表演，「炸彈開花」一幕，驚險刺激，特技超群，振動人心，華人臉上增光！

更值得大書特書的，是我們愛好寫作的一群了。臺灣大量的文藝書報對越華文壇有無窮的影響力，那時不少青年文友都向臺灣刊物投稿，我也寫詩投向《函校通訊》、《越南僑

生》。其他文友醉心研習現代詩的，以臺灣詩人作楷模，不斷創作，也曾爭論過現代詩的優劣，紀弦的〈戀人之目〉在越華文壇引發一場難有結論的筆戰，巴雷吳望堯在西貢頗有名氣，除了寫詩，經營洗衣粉公司十分成功，可惜政局轉變受到損傷，我則忘不了他的〈火星訪問記〉……

曾經蒞臨

凡此種種，都是深入我腦海的臺灣印象。不過，第一次踏上臺灣土地，第一次呼吸寶島空氣，那是一九九七年移民美國，搭乘長榮航空經過臺灣轉機的時候，在中正國際機場內逗留了數十分鐘，仰望機場外面景色，領略臺灣人民服務的熱忱。那時期，臺灣雖然比不上五六十年代那麼有名氣，失去聯合國的常任理事國席位，不再是維護全球華人的祖國，但經濟發展良好，人民富裕，與新加坡、大韓、香港地區，被譽為亞洲四小龍，值得自豪。

從二千年開始，而二〇〇二、至二〇〇四，我每隔兩年就回越南一次，皆搭乘華航班機，來去都在臺灣中正國際機場停留一下。可惜因為政治意識鬥爭關係，去蔣化的浪潮掩蓋了維護中華民國聲譽，刪改中正機場的名稱，現在是桃園機場了。有時我想，過份強調政治理念，便失去事實的純真；以臺灣島嶼的位置來說，如果沒有蔣介石的播遷治理，不會突出寶島的重要位置。

二〇〇六年六月，我在職場上退休，依照計畫回越南重

建房屋，決定在途經臺灣時停留一星期，那次是獨行俠，恰巧居住高雄的何少卿表妹空閒，駕駛她的私人轎車負責接送，帶領四處探親訪友，先去桃園會晤老同學馮順好、莫麗萍，繼續觀光臺北各景點，首度登上一〇一高樓，再去大甲鎮瀾宮媽祖廟，然後高雄六合夜市、愛河、東帝士大樓，最後到屏東探訪堂侄女，全程由北到東，再由東到北，瀏覽了寶島風光。

第二次旅遊臺灣是二〇一二年三月，也是飛回越南順道逗留，這次與太座並肩同行，事先聯絡老同學馮順好，她替我預訂旅館，陪我夫婦拜訪自由僑聲雜誌社，相約黃友佳、徐建安與沈發一起相聚，同是越南歸僑，一見如故。順好還安排參加中壢市區組織的陽明山一日遊，又指示我如何搭高鐵繼續行程，去屏東探訪堂侄女，去嘉義會晤丘凌文友等等，進一步瞭解臺灣，回來發表了七篇【寶島順道遊】文章：一、經寶島臺灣，二、訪自由僑聲，三、遊覽陽明山，四、南下到屏東，五、勝景遍高雄，六、歡宴聚嘉義，七、據點在中壢。

以上事跡已成為過去，這次我從降落臺灣桃園國際機場開始，往事就重現腦海，愉悅回味，興奮的情緒油然而生。

采風風采

我第三度蒞臨，和前兩次自由行不一樣，是參加世界華文作家交流協會組織的采風團，隨同四洲十國的十六位作家一起，在臺灣采風一週，再觀賞臺灣各處散發的風采，饒有意義，獲益良多！

四洲，是亞、澳、歐、美，十國的十六位作家，包括澳大利亞六位，日本兩位，其餘中國、越南、泰國、馬來西亞、新加坡、紐西蘭、荷蘭和美國各一位。我居住美國鳳凰城，距離最遠，起初計畫同以往一般，在三月十六日由美國飛回越南，過境臺灣停留數日隨團采風；稍後我發覺越南只有謝振煜文友獨自參加，他年齡最大，較少出國，不如我提早回越南，陪同前往，旅途有伴也很好，並可助他一臂之力，我同時提議向長虹旅行社購買機票，也算支持風笛詩社同仁譚玉瓊的業務，一舉數得，大家歡喜。

　　我有點不好意思的，是當天搭乘班機抵達較遲，連累來自荷蘭的池蓮子文友，要在機場呆等多一個小時，讓接機人員一齊接回旅館。誰料因為我們的遲，使接機事宜亂了陣腳，晚宴時間到了，我們仨還在機場空著急。池蓮子為此忙碌打電話聯絡，弄失了錢包，精神焦慮，好在臺灣民情良好，路不拾遺，終於物歸原主，失而復得，女作家滿心歡喜，遺憾的是趕不及出席海華文教基金會的歡迎晚宴。

　　海華文教基金會的歡迎晚宴，既是招待采風團的如期抵達，也是大家聚會的見面禮，在立法院內的康園餐廳隆重舉行，董事長吳松柏親自主持，闡述接待采風團意義，讓海外華人深入瞭解臺灣；總團長心水除了表達謝意，承諾各團員至少創作兩篇文章，將臺灣見聞感想描繪出來，實事求是地文化互交流。參與歡迎晚宴，有海華基金會的重要人物，海外台商旅行社總經理尤正國，總協調楊佳泓及領隊黃益謙都在場，還有若干知名作家陳若曦、方明、林煥彰、白靈、李文慶等等，席

上主客雙方介紹認識，組織方面講述明天開始的活動行程。

采風團的成行，澳洲心水秘書長勞苦功高，值得鼓掌；臺灣海華文教基金會的鼎力支持，讓人稱讚！數月前我接獲邀請的時候，喜不自勝，想到可與慕名而未謀面的文友，結隊同遊，倍感榮幸。跟著收到采風章程，更樂在心頭，只見第一天海華文教基金會就設宴歡迎，翌日就前往士林官邸，故宮博物院，拜會華僑協會，旅遊陽明山；第三天又拜會文化部及外交部非政府組織國際事務會，拜會秀威出版公司、方明詩屋以及出席僑務委員會晚宴，參觀一○一商圈，第四天搭高鐵遠赴高雄左營，參觀佛光山，美濃民俗村，鍾理和文學紀念館，愛河，跟著轉往臺南臺灣文學館、孔廟、安平古堡、日月潭，回程到桃園縣，參觀慈湖兩蔣文化區，紀念雕塑公園，鶯歌陶瓷博物館，三峽祖師廟……啊！能夠一連串接觸到如此重要的有關部門及文學藝術領域，名勝古蹟，采風團必然採集到美好的風采！

真的，經過實際的采風行程，果然比想像中更令人滿意，我感到這是甲午春季最稱心如意的一星期，從開始到結束，笑逐顏開，無論在旅館、車廂、會議室、餐廳或各觀光點，大家都暢所欲言，有說有笑，最熱門是攝影，獵取鏡頭，傳遞上網，我看見最忙碌搶鏡頭是「澳亞民族電視台」台長鄭毅中，以及世華作家交流協會網站主編林爽。至於采風全程由海外台商旅行社擔當，黃益謙領隊兼導遊，指揮各項活動，關照每個細節，忙碌不停，此君學識豐富，能說善道，天文地理，無所不談，每天帶領拜訪參觀不同的地方，都配合相關的話題，講解有條不紊，津津有味。

且看：立法委員詹凱臣，盛意拳拳，在立法院對面蘇杭餐廳設午宴招待，菜餚美味，令人垂涎，副主任魏瑤妮，穿插在作家群中，作實質意見交流，全團成員喜形於色，不知道外面正醞釀太陽花學運示威，不知立法院面臨困擾。

　　且看：秀威資訊公司的熱情接待，引領參觀出版工序，以先進科技排版、印刷、釘裝，讓作家們大開眼界，秘書長宋政坤、出版部經理林泰宏，主任編輯黃姣潔，不厭其煩地回答有關出版書籍的問題，各人心中幾乎有了決定，「下次出書找秀威！」

　　且看：方明書屋，狹小的房屋裝設數不清的詩情字意，每一句、每一行、每一首，都是心靈的結晶，用書法寫出詩句，用鏡框鑲嵌詩篇，擺設滿屋，琳瑯滿目，這是方明詩人獨特的藝術設計，清雅脫俗，為了招待采風團到訪，備有香茗點心奉客，更邀請林煥彰詩翁蒞臨，以增詩屋雅韻，可惜停留時間短促，辜負方明美意。

　　且看：僑務委員會的晚宴，雖然時間匆匆，張良民主任秘書發表了僑務話題，僑教處處長莊瓊枝，也親切待客，宴會一片和諧；僑務委員會歷來負責國府與海外同胞聯絡的橋樑，頗有成效，這晚宴正說明即使繁忙，也沒有怠慢來訪的海外僑團。僑委會諮詢委員林見松，早就贈送采風團每人一盒臺灣特產鳳梨酥呢！

　　且看：高雄佛光山寺副住持慧傳法師，親自接見采風團，共坐品茗，細訴佛偈，談論禪宗，贈送每人一本星雲大師新著的詩歌集：《詩歌人間》，明示「以詩歌，祝福人間」。

且看：臺南國立臺灣文學館，公共服務組林宜昌專案助理，帶領參觀臺灣本土文學，詳細剖析，加上視頻影像配合，娓娓道來，大家聚精會神傾聽，不知時間溜走，等到黃導催促下個節目，才依依不捨地告辭。

　　且看、且看……無法一一詳述，總之六天遊覽行程，都有其不同的特色，正如電視台播放的劇集，幕幕精彩，吸引著觀眾。每天結束活動，返回旅館休息，我總愛沉思默想，靜靜回味。

　　我有一個習慣，在團體的場合，眾人踴躍發言，我總會做個忠誠的旁聽者和旁觀者；大家與名人合照時，我必然站立一旁或退居其後，保持「萬物靜觀皆自得」的態度。因此，最後一天的旅程，在長途車廂中，馬來西亞女作家朵拉，很有心得地對逐個文友發表感言，各有風采，提到我的時候，實在「乏善可陳」，「無話可說」，想來，我在這采風團中，好像是「貂不足，狗尾續」的位置呢！

稿於二〇一四年三月底

心水秘書長（左）代表世交會贈會旗予方明詩屋主人万明先生。

2014.3.18

銘記采風團文友

　　這次參加世界華文作家交流協會臺灣采風團，參觀訪問，增廣見聞，寶島風光好，人情味親切，令人留戀。我是第三度蒞臨，仍然感到無窮樂趣。三次旅遊各有特色，首次是獨行俠，第二次是夫妻檔，這一回是隨團，特別是世界華文作家交流協會，匯集了四大洲，十個國家的十六位文友，同是天涯執筆人，相逢何必曾相識，報紙網路常出現，未曾謀面也聞名，大家聚首同旅遊，一見如故夠溫馨，談論協會未來事，人人坦率露真情，毫無陌生的感覺，有如一個大家庭。

　　聽到我參加交流協會采風團，較為熟識的文友覺得意外，因為我從來沒有參加國際性作家集會。每年回越南，都有文友邀我一起參加東南亞詩人筆會，我總是推辭說，有你們代表就足夠了，不在乎我；在鳳凰城，歷屆世界華文作家集會召開，必有作者挺身出席，回來匯報過程，無須自己花費心思。雖然，出席過國際會議歸來，聲譽倍增，確有價值。但我為人低調，習慣「人不知而不慍」的態度，不敢稱君子，起碼不是小人。

　　隨臺灣采風團一週行程，由開始到結束，感覺很愉快。從最初各地文友聚集臺北家美飯店起，到海華文教基金會的歡迎

宴會，到拜會各部門聆聽資訊，到參觀名勝古蹟，可謂處處美妙，展現不同風采。我想，文友們身歷其境，所見所聞，必有感想抒發，回去之後，一篇篇佳作源源呈獻出來。

與我同房的謝振煜，每日遊罷歸來，即在旅館房間揮筆書寫，宣稱將會是第一個繳交「功課」給協會的團友。謝振煜來自越南，我們在六十年代已認識，齊齊活躍於越華文壇，當時一群青年熱愛創作，討論出版文藝特輯，曾相約旅遊，聯歡飲宴，現在都成耄耋老頭。謝年齡比我大，所以我特地先從美國回越南，再和他結伴飛往臺北，航程好歹有個照應。他雖年老，仍雄心萬丈，為了這聚會，他趕緊集結作品，印刷九本之多，不惜花費鉅款，由胡志明市快遞到臺北，趕上贈送給團友，讓大家的行李滿載而歸，他的積極進取精神，我甘拜下風。

我生長於越南，平時很留意越南動態，看到采風團只有一位越華文友，覺得稀少。過去的越華文壇，水準優秀，在東南亞佔有崇高位置，排在臺港之後，可惜國家動亂，政壇更替，人民逃亡，華文創作一度中斷。但「塞翁失馬」的常例不變，以為越華作家淪落異鄉，寂寂無聞，誰料散佈世界各地後，自由民主的體制，助長其大展鋒芒，讓世界華人刮目相看。

我在鳳凰城，不少僑界學者大感疑惑：「你在越南土生土長，為何漢學程度這麼好？」越華人士漢學高深多得很呢！我列舉：美國加州的幾份中文報紙，都是越華人士主辦；還有標榜零疆界的風笛詩社，荷野總編與潘國鴻統籌，也是來自越南；香港尋聲詩社，站長冬夢，這個世界華文作家交流協會，創會秘書長心水，中文秘書婉冰，都是來自越南。在臺灣，著

名女詩人尹玲以及方明詩屋的方明，同樣是來自南國的詩人，還有許多許多，一時列舉不盡，由此可見，越華作家的實力雄厚，應該推薦多幾位加入交流協會，以壯越華文友的聲勢。

相形之下，澳洲的文友超多，共六位，佔採風團總人數逾三份之一。理由很簡單，交流協會是在澳洲成立，創會秘書長心水與婉冰伉儷，居住墨爾本，財務沈志敏也在墨爾本，公關方浪舟在雪梨，英文秘書洪丕柱，居住昆士蘭，他們聯絡妥當組織採風，澳洲文友佔優是順理成章，加上墨爾本澳亞民族電視台台長鄭毅中，榮任協會常務顧問，隨團採訪，陣容更覺強大，全程拍攝許多珍貴鏡頭，盡力服務，值得稱讚。

我預料不到日本的兩位文友排在第二，把中國文友壓了下去。中日正為釣魚台紛爭，令民間交往顯得尷尬。荒井茂夫是正宗日本人，喜愛漢學，成為華文作家，這次參與採風團，心理少不免顧慮，但採風團成員皆有學識，文學與政治也審視場合發揮，劃清界線，不會混為一談。另一位來自日本的是華純女作家，世華文壇圈內知名度甚高；她認識網絡作家少君，提議我回美也可組織採風團往鳳凰城，動員少君以及呼籲當地僑界贊助，倒是值得考慮的意見。

中國文友本來排第二，胡德才教授和曹志輝兩人，不讓日本文友專美，遺憾是胡教授的簽證出問題，不能成行，採風團由十七人縮減到十六人。來自中國的剩下曹志輝，這男性化名字，讓華僑協會的人誤稱為先生，如果使用曹蕙筆名，絕不會鬧出這種笑話。

其餘泰國、馬來西亞、新加坡、紐西蘭、荷蘭、美國，越南每個國家只有一位文友。

　　泰國是曾心，風笛詩社目前惟一的泰華作家。初度會晤，大家都關心泰國政局，他說雖然仍有反政府示威，還不至於亂。我提及去年十二月在曼谷舉辦的東南亞詩人筆會，越華文友並不畏懼，一團五人依時出席，談起來，才知道曾心為那次集會付出很大力量。

　　馬來西亞的朵拉，原名林月絲，不只是作家，也是畫家，且是健談的才女，采風團有她在場，增加活躍氣氛。三月十九日，在臺北往高雄左營的高鐵途中，她贈送我一本水墨畫個展的小畫冊，題為《花開見喜》，我很高興，觀賞那些美麗的圖畫，荷、梅、菊、牡丹等花樣，真正「喜見開花」哩！

　　新加坡的艾禺，東南亞頗有名氣的女作家，是這采風團少數懂說廣東話的團友之一，我是廣東人，聽見母語總覺得有點親切感。幾年前聽人提起艾禺，我以為是來自越南的艾雨，後來打探清楚，此「禺」不同彼「雨」，而且女男有別。

　　紐西蘭的林爽，真是最豪爽了，在未見面之前，總以為是男子漢大丈夫，在華僑協會的宴會上，就被誤稱為林爽先生，難怪呀，名字太爽朗！整個行程，她忙忙碌碌拍攝各精彩鏡頭，回到旅館還不眠不休地意描給各文友，她一向負責交流協會的網絡傳載，任勞任怨，服務精神堪嘉。

　　荷蘭的池蓮子，是惟一來自歐洲的文友，她不僅是詩人作家，也是中醫師，表現輕快活躍，樂於助人。池蓮子飛抵臺

北較遲，我和謝振煜從越南飛去更遲，因此成為接機的最後一組，也是我抵臺會晤到第一位文友，感謝她在機場就幫忙我們與組織方面致電聯絡。在臺灣采風一週過程，她以醫生的經驗協助治療身體不舒服的團友，大獲好評。

至於美國，只有我一人，有點像林小萍新書所指：《孤單的美國人》，本來不孤單，聽說拉斯維加斯的尹浩鏐也獲邀請，但因公私兩忙分身乏術而放棄。我在鳳凰城的《壹週報》上，時常閱讀到尹先生的大作。

臺灣采風團一週，展露臺灣的風采，也展露各文友的風采。行程結束，世界華文作家交流協會的十六位文友，就分道揚鑣，各自回家。然而，采風團讓文友們能結交聯誼，互相接觸交流，機會難得，實在值得銘記。我回家中，念念不忘采風情景，各文友風采仍深印腦海，拿出電腦敲打鍵盤，想一一記下精彩情節，可惜千頭萬緒，不知如何取捨，罷罷罷，惟有簡略按鍵敲打點點滴滴算了。

稿於二〇一四年三月底

 洪丕柱

　　洪丕柱（FredPHong）散文、小說家、文藝評論和時事政評作家，語言學者兼翻譯家、教育家。早年畢業於上海師大數學系和上海教育學院英文系。1980年代後期移居澳洲。

　　著有《孔狄亞克傳》、《澳洲風情記實》、《輕音樂欣賞》、《旅澳隨筆》、《南十字星空下》、《當代話題》、《認同和歸屬》和《洪丕柱小說選》，出版的譯著有哲學《人類認識起源論》（法：孔狄亞克）、歌劇腳本《美麗的海倫》（法：奧芬巴哈）、中篇小說《給我猜個謎》（美：奧爾孫）、科技著作《數的趣談》（美：阿西莫夫）、商務管理著作《現代酒店管理》（美：保羅熊）等若干部以及左拉、巴爾紮克的文學評論、莫帕桑等的短篇小說和其他各種題材的譯著。所有作品共約五百萬字。

　　曾任世華大洋洲分會副會長、澳洲分會副會長，昆州分會會長、大洋文聯副主席。現任世界華文作家交流協會副秘書長兼英文秘書。

目擊臺北3.18反服貿學運

　　上星期，應中華民國財團法人海華文教基金會邀請，我參加世界華文作家交流協會的臺灣采風團，去美麗的寶島臺灣觀光遊覽了一個星期。

　　到臺灣的第四天，3月18日，我們一行16位華文作家在訪問臺北一家出版社時，看到對馬路人行道上有一兩百名學生靜坐，舉著反服貿、救人民、保臺灣等標語。出於好奇，我們從人行橫道線穿過馬路，去問他們靜坐的原因。這些學生哥們回答說，馬英九要同大陸簽署服貿協議，他們認為這項協議並不平等，它有利於大陸而對臺灣非常不利，特別是會損害他們年輕人的未來，是一項出賣臺灣討好大陸的協議，他們以靜坐來對此進行抗議，要求退回服貿協議。

　　我因而想起，從飛臺的華航班機上所提供的臺灣報紙讀到，在服貿談判中大陸的態度非常強硬，毫不讓步，臺灣恐無甚周轉餘地。當時我既不瞭解甚麼是服貿，也對此沒有興趣，故沒有繼續閱讀這些報導。想不到一到臺灣，就遇到臺灣民意對服貿協議的宣洩。

　　18日晚我們從電視的晚間新聞中看到了學生靜坐抗議的報

導，人數達數千。第二天早上我們搭高鐵去高雄訪問。出酒店走向不遠的臺北火車站時，看到路上有不少員警。原來臺灣的立法院就在我們下榻酒店後面的一條馬路上。聽說昨晚有兩百名抗議學生打破窗子進入立法院，占領議場。立院外，數千名學生趕來聲援。學生還從被占領的議場裡用一個iPad將佔領現場的內景發佈給所有媒體，次日報紙都登載了。故當局出動大批員警與學生對峙，氣氛十分緊張。我想，這下子事情鬧大了。

受邀參加此團的來自亞、歐、美、大洋洲各國的華文作家們開始注意這一事件了。每到一地，臨睡前都要打開電視機觀看情況的發展：參加靜坐示威的學生越來越多，已達數以萬計，地點也擴展到臺北以外城市，他們也越來越受到普通百姓、社會各界、公民團體的同情和支持。好多人圍在靜坐學生外面，築起保護學生的人牆，人們成箱地捐瓶裝水、食品、醫務人員在現場設立救護站，還有人給學生獻上太陽花（向日葵），甚至有志願者／單位來布放臨時廁所並收走拉垃，使靜坐現場保持清潔！有些報紙將它稱作「臺版茉莉花革命」。

本來立院定於3月21日星期五要開會審議並通過服貿協議。因為國民黨在立院佔多數，協議的通過只需舉手表決之勞。現在各界對學運進行聲援，使立院處於癱瘓狀態，無法開會。同時民進黨領袖們也開始表態支持學生的訴求。國民黨乘機攻擊說，學運是民進黨煽動和幕後支持才搞起來的。對此民進黨馬上否定，說學生的靜坐抗議出於自發，民進黨只是認為應該挺他們罷了。從事發的經過看，學生抗議起先確是自發的，由一名叫林飛帆的學生領袖策畫、發起、組織和領導的。我本人不相信學生運動系

民進黨所組織（雖然學生領袖中也許有民進黨員），因為近日看到學生連署要求行政院長江誼樺下臺的名單中有連戰女兒的名字。若民進黨真有這麼大能耐，能發動來自全國的這麼多的學生，那麼下屆大選的勝利非它莫屬應是毫無懸念的事了。

3月21日采風團返回臺北。有些團員約我一起外出，去見識一下臺灣民主和學生哥的靜坐示威。那天是星期五，去那裏「看熱鬧」的市民特別多，馬路上人山人海，像過節一樣。我們走在立院四周的馬路上，發現那裏果然秩序井然。馬路中間坐滿學生，他們坐在硬紙板上，很多帶了保暖的衣服準備過夜。馬路旁有大量臨時廁所。馬路的一邊員警設下了路障，他們手持防暴盾牌如臨大敵。另一邊行人可以通行。我們看到不少學生代表和老師們在作每人不超過十分鐘的短演講（據悉前幾天王丹和吾爾開希都應邀作過演講），激起陣陣掌聲，說明靜坐的學生都在專心聽講，絕非在那裡玩玩而已，他們的抗議是認真的。人行道上都是學生在維持秩序。他們拉起細繩，將人行道分成兩半，使兩個方向的行人可以各行其道，不會擠撞，人流因而暢通無阻，有幾名女生還在那裏對行人喊道：「請往前走，不要停下來。」欲駐足觀看或拍照的人可以踏下行人道到馬路邊緣，不會影響人流。我們還聽到某個方向的學生突然重複地喊起來：「不要打員警！」可能有少數人在那裏出現過激或衝動行為。喊聲平息下來了，想來學生們及時阻止了某些非理性的行為。絕大多數學生的理性抗議令我感觸很深，顯示了臺灣人民和學生的質素以臺灣民主優於某些國家的民主。

我們踏下人行道，同在那裏剛作過短演講的三位男同學

交談，並向他們提出了各種問題。這些青年人應答如流，表達頭頭是道，並非支支吾吾說不清楚。有一位高大的臉上長著些痘痘的男生引述國策顧問郝明義的話說，服貿協議是個不平等的協議，馬英九簽此協議不是賣臺，而是滅臺，因為協議將令臺灣對大陸全面開放，廉價陸貨、大陸資本雄厚的大國企和廉價勞工將湧進臺灣（臺灣多為資本小的中小企業，無力與之競爭），全面侵佔市場和掌握基建、能源等工程…，但大陸對臺灣的開放卻有限，比如大陸對臺不開放銀行業）。大陸跟任何國家做生意都是巨額出超，所以他們的前途將會很黯淡。問下來他居然只是個高中生而已！還有一位是大學生，他認為馬英九在服貿協議上最大的問題是黑箱操作，企圖在立院偷偷通過服貿，毫無透明性，簡直是欺騙愚弄人民，如果服貿真的對臺灣好，他為何要這樣做呢？年齡最大的那位是碩士畢業生，幾年前已經工作，所以已不算學生。他說目前臺灣青年失業率高，儘管生活費用在不斷上升，房價高不可攀，但工資反比以前更低。他參加學生靜坐是為了今後的畢業生不會因服貿協議而遭受更高的失業率、更低的薪金等不公待遇。我對他提到臺灣應加強國際競爭力，像韓國一樣，不怕簽國際協議。他說臺灣同韓國不同，國土、人口和經濟實力都無法比，況且韓國有很多重工業和世界級大公司如三星等，臺灣沒有，主要是實力微弱的中小公司，韓國人心齊，即使國貨貴也要買國貨，不買進口貨，臺灣人愛貪便宜，做不到，況且韓國在國際有最大的空間，臺灣在大陸打壓下貿易空間受限。這就是為何臺灣簽國際協議要非常謹慎。我覺得他的分析相當服人。

第二天我們有些自由活動的時間，好些團員又去了立院看學生靜坐。馬路兩邊停滿了媒體的現場直播的車輛，場面依然是員警和學生對峙。靜坐的學生手裏拿著標語或漫畫，其中有位女生，她的標語寫著「員警，辛苦了！」叫人忍俊。學生和教師代表們繼續在作短演講，牆上貼有很多標語和漫畫，立院的牆上也有長幅標語，大樓上方有條標語說：「當獨裁成為事實，革命就是義務」（我本人並不認同這條過激的標語，我認為臺灣是民主政體，雖然馬英九在服貿協議上的做法未同百姓溝通、聽取民意方面很有問題）。另外還出現了一些成年人的論壇：街頭開講。人們在那裡自願上來談自己的看法，發言者中有女性，說明臺灣婦女也很關心政治。雖有不同看法，但表述都非常理性，即使是辯論也都是心平氣和而非吵架式的。我們很感興趣，停下來聽了好幾位發言者談自己觀點，似乎一面倒地支持學生，要求政府撤回服貿協議，只是在方式方法上有不同看法，比如有些提出應包圍各地國民黨黨部進行抗議。一位老先生的講話令我印象深刻，他自稱國民黨老黨員，馬英九的長期支持者，卻覺得在服貿協議上國民黨把百姓、國家踩在腳下（邊說邊用腳作出一個猛踩的動作），氣憤地說要退黨燒黨證。還有些通俗歌手在街邊彈吉他唱起自編的反服貿歌曲，其中一名小女孩的歌聲特別動人。

　　23日回澳大利亞後，我瞭解到馬英九已呼籲學生退出立院作為先決條件，同學生談判；我並看到他的告臺灣全民文，說支持學生要求會對服貿逐條審查、逐條通過；後來又看到數千員警進入立院清場，將靜坐者強制拖離現場的報導，等等。

我對臺灣政治非但沒有研究，甚至很不瞭解。所以我不會對服貿協議本身及其審理程式是否確當發表意見。但馬英九早些時候說服貿協議如果通不過，退回去，臺灣會成為國際笑話，影響其國際信用度，我不很信服。我也讀到前海基會秘書長陳榮傑說，政府對國際協議作實質性審查是國際慣例，並非笑話，甚至不僅是實質審查，還可被全盤否定。我覺得在3.18學運中，馬英九反應遲鈍甚至有些傲慢，恐怕認為娃娃們鬧不了大事，錯失了在第一時間就回應學生的訴求，同他們直接對話的機會，事情越鬧越大他有責任。另外，我在報上看到國民黨某政府高官發文指責學生，譏諷他們有勇氣佔領議場，卻不敢對抗來自大陸的競爭。我覺得這話並不妥當，既無資本又無企業的學生娃娃如何同大陸競爭？他們只是擔憂不平等的協議會損害他們的前途，需要政府保證他們未來參與的競爭是公平的競爭，這位高官應該以理說服他們協議的公平性才對。

　　臺灣學生的成熟度和組織能力令我佩服。我相信未來的政治家不應是從聽黨的話、跟黨走的人中間提拔的，而是通過實際鬥爭來產生和錘鍊成長的，在這方面臺灣民主政體有優勢，能出人才。看到報上有人說，未來臺灣可能出現三元政治。即兩黨加民眾，因為臺灣民眾的素質和力量不容忽視。我想這也許有道理，因為有時兩黨都不能代表民眾的利益，這時民眾就會用街頭靜坐的方式直接表達他們的訴求。

　　學生們的鬥爭也得到了老師們的支持。有些教授到學生靜坐現場給他們上課，居然有不少學生認真聽講並記筆記，我看到也有在靜坐時帶著講義和作業本，抓緊時間學習和做作業的學生。

我不贊成任何暴力的群眾運動，不支持衝進立院佔領議場使國家機器無法運轉。但我支持以非暴力的靜坐鬥爭的行式向政府發出強烈的訴求。從我的所見來看，除了佔領議場，臺灣學生運動基本上是理性的，值得我同情。

　　在臺灣的政治上不我傾向於支持或反對任何一黨，因為我沒有資格這麼做。但從親眼目睹的事實，我發現臺灣有優秀的、有責任心、有理性、有獨立思考和分析能力下一代，這是臺灣的寶貴資本和希望之所在。

反服貿的臺灣學生們在立法院外抗議。

❁ 方浪舟

　　原名方祖新，祖籍中國福建福清。1988年離鄉赴澳。著有詩集《鷹的誕生》。由福建鷺江出版社出版的《海外華文文學史》第三卷有關澳大利亞華文文學的篇章裏，對方浪舟的不少詩作做了深入的評述。2001年，應邀出席二十一屆世界詩人大會。詩作《鐵路、火車》入選中國《2002年詩歌年鑒》。2006年7月，參加第十一屆廣州《黃埔》國家詩人筆會。2008年7月，當選為悉尼華文作家協會理事，並任副會長。2009年6月，《方浪舟短詩選》已由中國現代文學館珍藏。2009年11月，《方浪舟自選集》由香港銀河出版社出版並發行。

　　現任世界華文作家交流協會公關、雪梨華文作家協會秘書長。

臺灣

——中西文明衝擊與交彙之地

　　童年與少年都在閩中與海濱成長。那時面對大海，遙想一水之隔的東邊是寶島，不知何時有緣相見。幾十年過去了，今年三月正是臺灣的春天季節，隨同世界華文作家交流協會臺灣采風團一行，遊覽不少名勝古跡，寶島的風姿俊容難於勝數。跟隨采風團，一路行色匆匆，把耳聞目睹的一切寫成流水賬，並非本人所長。相信有不少高人雅士生活在這個寶島上，他們對臺灣的瞭解遠遠超過我這樣的遊客。

　　此行到達臺北第一天，采風團登堂入室，我們相聚在立法院餐廳享用晚餐。

　　立法院是真正藏龍臥虎之地。在這裏制定的決策維繫著國運與民生。記得十幾年前，我所結識的一位前輩楊雪峰先生是臺灣立法院的立法委員。印象中他的滿頭白髮，想想李登輝與陳水扁當總統時，他必定憂國憂民，內心的愁苦同頭頂的白髮一樣多。我們對話時，他話說得不多，但句句真實，比如在學問上認清學與術有別，在生意經營上貴在堅持。十多年過去了，這位長者仙逝多年，如今來到他工作奮鬥過的立法院，敬仰與懷念之情油然而生。

寶島閃爍

立法院餐廳場面簡潔典雅，木雕的講臺刻有「立法院」三個字，它看上去已使用多年。這裏體現的風格是平常與真實，看不出浮誇、造作與虛榮。如果立法者都認同這種格調，百姓是有福了！

晚餐會上，聽到吳松柏董事長致辭歡迎采風團，世界華文作家交流協會創會秘書長黃玉液先生代表采風團講話。采風團赴臺成功，是諸方共同努力的結果。特別感謝財團法人海華文教基金會吳松柏董事長、大洋洲臺灣商會聯合總會名譽總會長林見松先生及駐墨爾本臺北經辦處，因為他們鼎力相助支持促成這個機緣。

在立法院餐廳裏，采風團的作家們、詩人們，與大作家陳若曦女士及臺灣本土的著名詩人林煥彰先生、白靈先生、方明先生等歡聚，交換名片，互贈作品和禮品。其間，頒發證書給世華作家交流會秘書處成員，林爽女士、洪丕柱先生、朵拉女士、曾心先生、周永新先生、謝振煜先生、華純女士、池蓮子女士、沈志敏先生、方浪舟先生等當選為第二屆秘書處成員。黃玉液先生連任秘書長。

同時，我們也認識不少新的朋友。比如，來自美國的才女林小萍，她寫的小說《孤單的美國人》在臺灣與美國都有英文與中文版本，描述越戰的故事，觸及臺海兩岸前塵歷史，深藏著鮮為人知的政治智慧。與我聊的最多是同桌的黃益謙先生，他似乎對臺灣的一草一木都瞭若指掌，他被指定為本采風團的導遊，可謂難得絕佳的人選。與我聊的最少的是黃國枏先生，他在僑務委員會任職，他說將會來雪梨工作，他談吐斯文，將

是臺灣後繼的人才。友情是默契的。默默之中我們喝酒吧，也許酒能化解兩岸因為政治體不同而造成的隔閡與疑慮。

當我們正在立法院餐廳與文友們喝酒聊天的時候，料想不到幾天之後立法院被學生們包圍，成了服貿議題與太陽花學運風暴的中心。

三月十六號晚，采風團告別立法院；從十七號開始，遊覽蔣介石官邸、故宮博物院、陽明山，中午參加華僑協會總會的歡迎午宴。十八號，參觀文化部、外交部、秀威資訊，在方明詩屋小聚，赴僑務委員會為采風團而設的晚宴之後，登臨臺北101高塔。十九號，見到高雄佛光山超大的佛像，又來大雄山拍照朝元禪寺。朝元禪寺對面是鍾理和紀念館，紀念館被許多石頭包圍著，這些石頭上刻著臺灣詩人們的短詩，其中有一句詩是：「很少很少落葉看到海」。

十九日晚，與小說家沈志敏、朵拉、華純等文友徘徊在高雄『愛河』岸邊，似乎尋覓人生與文學的靈感源泉。二十日遊孔廟，錯過幾天之後的祭孔大典，卻很幸運在國立臺灣文學館聽到杜宜昌先生講解臺灣文學。他講到個人與時代之間、個人與家庭之間等故事，情感十分豐富，給我們留下深刻的印象。參觀了開台天後宮，接著遊覽安平古堡，拜訪了民族英雄鄭成功，是他趕跑了荷蘭人，又向清朝順治皇帝開炮……

二十號傍晚，乘船遊日月潭，觀看邵族土著人舞蹈。二十一日遊至慈湖，驚歎蔣中正的塑像如此之多，或坐或立，半身全身，應有盡有。深入慈湖陵寢，看到已故蔣介石的靈柩前立有十字架。這個曾權傾中國的統治者，至少給寶島帶來三

樣寶貝：國庫黃金、精英人材、千年文物，更可貴的是他認識耶穌基督，以上帝為根基，並且信靠上帝。

　　二十一日，參觀了新北市立鶯歌陶瓷博物館，陪著大家到長福岩清水祖師廟抽籤。抽籤是民間文化不可忽視的內容之一，但在真正的信仰生活中是被拒絕的。重回臺北時天色已晚。僅僅幾天，太陽花學運進入高潮。我重見立法院時，學運的學生擠滿立院附近的大街，有的排列坐著，有的排隊站著，從外面看來井然有序。導遊黃益謙先生對我們說：這次反服貿等太陽花學運，剛好攤上大事了！人們高舉各種標語，如：「廢除中華民國殖民體制，終結四百年的外來統治」等……

　　「太陽花學運核心人士就是以一種高度組織力，去佔領立法院。在立法院，他們拆掉匾額、敲破門窗、損壞桌椅、破壞機電室、搬走電腦、拔除麥克風、搗毀投票器，在議場裡面塗鴉、喝酒，甚至便溺！」

　　「在場外靜坐的學生關心時事，其純潔熱情令人動容；但是議場內學生領袖的虛無主義與獨裁作風，卻令人駭異。他們攻擊服貿不合法定程式，而本身則凌駕於法律之上。他們的訴求不斷改變，姿態愈來愈高。拒絕任何對話，卻厲聲控訴別人毫無誠意。總統不斷讓步，而他們則步步進逼。」

　　「反服貿／反馬／反中的情緒，成了這群年輕人最大的靈感來源。」

　　「在現場感受到的反中情緒，強烈而真實。「你好大，我好怕」的「恐中」情緒，才情結是激發學生們走上街頭的關鍵！」

立法院本是立委們發表不同政見並制定決策之地，頓然成了因社會族群撕裂而洩憤之處。宛如颱風登陸。臺灣地處陸海之間，容易受到世界氣候的影響。當第一次世界全球化時，葡萄牙人、荷蘭人是海上馬車夫，臺灣成為他們可操縱的大船；當第二次世界全球化時，在馬關條約上滿清政府不得不把她轉手給日本；當第三次世界全球化時，她從日本人手中轉給國民政府，美國卻把釣魚島送給日本……這樣四百年裏，臺灣成為中西文明衝擊與交彙之地，留下不少沉痛的傷痕，也結下自由、民主與獨立的成果。無論颱風何時登陸，風暴過後，臺灣一樣風平浪靜，終歸於和平吉祥。祈願上天垂愛她，千萬不要把她交給殘暴、貪婪的統治者手裏！

吳松柏董事長（右）代表世華作家交流協會頒發證書予該會公關、詩人方浪舟。

✿ 沈志敏

出身於中國上海，1990年赴澳大利，定居至今。

第一部中篇小說《變色湖》2000年獲中國文聯，「海外華文文學」雜誌優秀獎，第一部長篇小說『動感寶藏』。2007年獲臺灣僑聯華文著述獎小說類第一名。長篇小說「墮落門」獲澳洲南溟基金會贊助金。散文「澳洲牧羊記」「燃燒的帳篷」分別獲得北美「世界日報」2003年徵文佳作獎和2004年徵文第三名。散文「街對面的小屋」獲首屆華文文學星雲獎散文優秀獎。此外，在澳洲華文報刊徵文中獲得過多次獎項，不少作品在澳洲華文文壇產生過一定影響。其文學創作情況已被收錄於中國大陸「海外華文文學史」（鷺江出版社），「華僑華人百科全書」（中國華僑出版社）等辭書之中。

臺灣閃爍

一、海潮滾滾

臺灣島四面環海，海潮滾滾。假如能對藍色的海水進行抽象，隱藏在海後面的空間和時間又會對人們進行怎樣的敘述呢？天空之中，日月交替，晝夜相繼；而在海洋之中體現的卻是星漢燦爛出入其中，潮漲潮落奔流不息。當太平洋的海水浩浩蕩蕩一路奔來，奔騰跳躍在臺灣島嶼金色的沙灘上，其後又在中國大陸東南沿海的礁石上濺出白色的水花，兩者之間的距離約為三四百公里。那麼海水又是如何向人們展示出一幅幅空間圖景呢？

在17世紀之前，這個大島上的居民被後人們稱為「先民」，他們來自於大陸和東南亞等地。隔海相望的大明政府這時正在實行海禁政策，對臺灣的管理也較為鬆散。

此時，相隔萬里之外的荷蘭，以「海上馬車夫」的光榮在西方世界一躍而起，緊接著在東方世界開闢出新的航線。當時之勢，他們的戰艦和商船還無法撞入大明政府強勢的鐵簾，於是乎，荷蘭戰艦上的司令官只能命令兵船進入弱勢的臺灣島

上，開始了對這個大島的三十八年的統治。從以後的歷史中，我們不難發現，這是生機勃勃的西方世界向古老衰弱的東方世界發出的信號，這個信號首先是在臺灣島的夜空中亮起的。

時光劃過二百多年，大西洋畔的島國英吉利以工業革命為動力，在西方世界他們的艦隊將荷蘭的平地船拋在背後，將西班牙的「無敵艦隊」擊潰在海中；在東方則是用軍艦攜帶著鴉片船叩破了清朝政府貌似尊嚴的大門。於是我們可以清晰地認識到，從荷蘭兵船登陸臺灣到英國炮艦轟破天朝大門，那是在這個地球上煥發出一種嶄新的色彩，是海洋文明挑戰大陸文明的過程，是西方世界勃起和強盛的過程，也是東方帝國落後衰敗的過程。當強大和衰弱貼近在一起的時候，兩者之間的相遇，猶如高處滑向低處的慣性。西方世界利用自己的強勢，一方面，採用野蠻的手段對東方世界進行掠奪，另一方面，又不得不將西方社會已經形成的現代文明之風飄撒在東方土地上。從西方世界奔流而來的歷史潮流從臺灣起始，然後撲上了中國大陸，以後的歲月，臺灣和中國大陸的歷史，在迎接或者說是忍受著西潮滾滾的衝擊和震盪下，都因此而有了大起大落的改寫。

二、潮起潮落

另一幅圖景卻是這樣描述的，當荷蘭佔領統治臺灣的三十八年期間，在隔海相望的大陸土地上，從馬背上成長起來的大清皇朝已經開始代替大明皇朝，清軍強大的騎兵隊伍正在從北朝南地橫掃明朝勢力的殘餘。如果說忠誠於南明小朝廷的

鄭成功軍隊，在大陸上無法抵抗清軍的鐵騎，成為敗軍之將，然而當他的船隊掉頭衝破藍色的海洋，橫渡臺灣海峽，攻破臺灣島上荷軍的堅固堡壘，卻成為勝利之師。於是在這個島上，他舉起了「反清復明」的大旗。

「反清復明」的口號似乎是一股兒潛流，一直在清朝政府統治中國的三百多年間暗暗湧動，時強時弱。然而歷史卻是這樣表述的，二十多年後，鄭成功的孫子不得不將臺灣拱手交給了清廷，大明皇朝進入歷史的冷宮，再也沒有複現的影蹤。代替「反清復明」的應該是數百年後孫中山的「驅除韃虜，恢復中華」的口號，並最終讓中華民國取代了大清皇朝的天下。

中華民國在推翻滿清政府朝後，立刻提出了「五族共和」口號，將滿族劃入中華民族的體系，這似乎和前面的「驅除韃虜」頗有矛盾。然而歷史就是如此為現實服務的，當初漢人百姓憎恨滿清貴族的高人一等，漢人知識份子不滿清廷皇權的腐朽沒落，採取了反抗顛覆的方針。而當漢人一旦顛覆政權成功，滿漢之間的深刻矛盾也迅速消解；另一方面，清朝政府在統治中國的幾百年間，滿清子孫們也已以逐漸消解在漢民族更為悠久的歷史文化概念之中。

以後的歷史歲月，好像又有了某種概念的複現。當中華民國政府在痛失大陸政權後，蔣委員長似乎將「反清復明」的口號改寫成「反攻大陸」。歷史的鏡頭何其相似，只不過後面一個口號隱去了民族之間的矛盾，卻在同一民族之間的內鬥中添加了更多的火藥。臺灣海峽內潮起潮落，天空中好像伸下一支大筆，沾滿著藍色的海水塗寫下這一幕幕波瀾壯闊的鏡頭。

三、安平古堡

　　鄭成功在臺灣最重要的一大戰役，是用炮火轟開了「臺灣城」（當時被荷蘭殖民者稱為「熱然遮城」）。城牆上掛起了南明朝廷贈給鄭家的錦旗。然而在二十多年後，臺灣島的政權從鄭家子孫的手上又落到了大清皇朝的手掌中。

　　清廷在統治臺灣兩百多年的時光中，面對著強勢的西方各國，和在東鄰崛起的日本帝國。這時候的大清皇朝日益衰弱，馬背上的豪邁氣概在無情的機器面前，毫無作為，甲午戰爭炮聲隆隆，清軍終於大敗，根據羞辱的「馬關條約」，臺灣島陷入於東鄰島國的日本狼掌之中，1895年，大島上的黃龍旗被太陽旗所掩蓋。

　　以後的歲月，好像是以五十年為一個週期書寫的。日本統治臺灣五十年，第二次世界大戰，日本戰敗。1945年，國民黨政府的青天白日旗飄揚在臺灣島上。而在五十餘年後，臺灣踏步在民主化的過程中，國民黨在選舉中落敗，政權更迭到民進黨的手上。八年後，國民黨再次在執政……

　　蒼老的「安平古堡」似乎見證了這一段段歷史剪影。三百多年前的臺灣是沒有什麼城市概念的。1642年，荷蘭人以軍商結合的隊伍，建起了這座氣勢不凡的熱蘭遮城，城址選在海灣內的一個高坡上，炮口對著大海，能攻能守，頗以為萬無一失，固若金湯。可是在鄭成功隊伍強大的攻勢和鐵桶般的包圍中，荷蘭最後一任總督不得不低下高傲的頭顱在投降文書上

簽字。於是熱蘭遮城成為鄭家父子的王城，史稱「安平城」和「臺灣城」。在日本統治臺灣期間，又對古城進行了重建，遂稱「安平古堡」，此名一直延續至今。

而如今，幾處半圓堡殘跡和一段城垣磚牆似乎還在低吟著荷蘭人建城時的歐羅巴語句，數棵盤根錯節的老榕樹還在吐納著滄桑歲月的寒氣。城堡的炮臺上雖然還排列著幾尊古炮，但炮口前面的大海卻消失了，失去了攻擊或者是防守的物件。滄海桑田，數百年來，那道海灣早已被泥土填沒，成為城區的一個部分。四周民舍相接，商號林立，街上的人流熙熙攘攘。

這就是歷史，自然和人都在改變中的臺灣歷史。

四、舊影新景

在臺灣島上行走，無時無刻地能感受到以前那個時代留下來的痕跡。例如臺北市縱橫交叉的道路就頗有含義。其中有三條橫向的道路被命名為：民族路，民權路和民生路，取自於中華民國的締造者孫中山的「三民主義」，那條寬闊的縱向大道——中山路當然取自於孫中山的本名，中山路將「民族，民權，民生」接連在一起，朝下延伸又和另外三條橫向的道路相交：「忠孝路，仁愛路和信義路。」那是讓中山大道和中國古代的道德規範銜接。

另外那條縱向的道路——重慶路也頗有名堂，它也同樣穿過了以上那些橫向的馬路。有人說重慶是蔣介石的福地，儘管當年在日本人的炮聲中，他被迫從南京遷都重慶，重慶名曰

「陪都」，然而當第二次世界大戰結束，委員長從陪都返回南京時，他已成為光彩奪目的大國統帥了。於是乎臺灣的重慶路也有了非同尋常的氣質。

重慶南路上書店一家接著一家，書生意氣，書香飄溢，成為臺北一景。然後道路延伸下去，東面有綠色的228和平公園，西面和高大的總統府相迎。228事件象徵著臺灣民主意識的覺醒，總統府卻是臺灣主流統治的象徵，兩者的塊面構成了影響臺灣政權的正負的兩種力度。

總統府前的寬闊的凱達格蘭大道如同一個大廣場，路名好像有幾分洋味兒，其實是臺灣土族的名稱，大道又將重慶路和中山路等連接在一起，再往前走幾步，就可以瞧見在那片綠茵茵的大草坪前面拔地而起的殿堂——中正紀念堂，踏上幾十步臺階，大殿裏供奉著蔣中正的座像。下面的展覽廳裏追述著蔣介石的發跡蹤影和戎馬生涯，在中國大陸的沉浮錄和來到臺灣的後半生足跡。

臺灣島上似乎處處泛映著蔣家時代留下的影子，士林官邸是蔣介石和宋美齡的故居，陽明山上有老總統的別墅，桃園慈湖供放著蔣介石的靈寢，還有百元大鈔上蔣介石的頭像。當年，民進黨上臺執政，實行去蔣化，力圖抹淡蔣家皇朝在臺灣島上刻下的印記。桃園縣政府獨具眼光，搜羅了臺灣各地遺棄的蔣介石的雕像152座，在大溪鎮的山地中間建起了慈湖兩蔣文化園區和雕塑公園，既保持了歷史風貌，又增添了旅遊和商業價值。

在存放蔣介石的棺木的靈寢廟堂門前，每過兩個小時，就要舉行一次士兵換崗儀式。而在蔣介石生前，他從大陸來到

臺灣，無形之中也改換了角色。用導遊的話說：「其實，老總統的好日子是在臺灣度過的，瞧他在大陸時的照片，臉也瘦，臉色也凶，那是他在大陸時剿共辛苦留下的影像；而在臺灣時拍的照片，特別是他晚年拍的照片，人也胖了，臉色滋潤，神態慈祥，那是在臺灣島上修身養性，吃喝玩樂的結果，是臺灣山水調養出來的身影。」又有人調侃道：「如果當年讓他再去『反攻大陸』，那麼他的臉又該瘦了，又該面露凶相了。」看來人之所思人之行為和人之狀態之間的關係能成為一個很有意思的研究課題。

後來老蔣把權力傳授給小蔣，蔣經國放棄了「反攻大陸」的奢望，一心一意地經營臺灣，讓臺灣經濟坐上了高速快車，飛越成為四小龍的龍頭，而他本人也成為領導臺灣經濟騰飛的第一人，臺灣人民記住了他的功績。

時光至今，臺灣的近代走向現代，好像走過了這樣一個個時段：當初是一個人說了算，那叫獨裁；後來成了一個政府說了算，那叫進步；再後來政府可以輪流做，誰上臺誰說了算；現在是政府說了也不算，必須和民眾商量了才能算。比如，當前發生了臺灣學生反對政府和大陸制定服貿和商貿協定的抗議示威行動。民眾的意見並不一致，有贊成也有反對，但他們都有這樣一個基本說法：「也許並不是每個人都贊成大街上學生們的觀點，但學生們有表達自己觀點的自由和權利，社會也應該尊重他們的這種表達。」由此我們可以看到臺灣普通民眾的素質，這種素質也許可以形成一道新的風景線，這叫民主。

從臺灣的舊影新景中讓人們想到，歷史往往不是以人們的意志而轉變的，可是當歷史狀態獲得某種改變後，我們又彷彿感到，以前產生的各種各樣的事件都處於一種因果關係的情節之中，每一個歷史階段都能得到一種合理的解釋。

五、廟宇紛紛

臺灣有一個特點，無論是在城區，還是在鄉下，無論是大街還是小巷，經常會有一個個廟宇和道觀撞入你的眼簾，有些陳舊的街道上，沒走幾步，就會出現一家似廟非廟的店鋪，鋪內半個屋子供奉著各路菩薩，半個屋子出售商品，讓人感覺在現代化的城市裏，廟宇好像太多了一些，用英語說就是：「吐沒趣。」

於是我們踏足了幾處較有代表性的廟宇。臺南城中的孔廟屬於臺灣的一級古跡，從古至今的讀書人最崇拜的物件是孔夫子，因為孔夫子是人而不是神，這說明了中國的歷代知識份子崇尚的是理智，而不是莫名其妙的神仙偶像。孔廟建築莊嚴宏偉，氣氛肅穆，但和其他廟宇相比卻又顯得樸素而又純真，如同數千年來孔夫子深藏在國人心底潛移默化的影子。

不過孔夫子也有熱鬧的時候，春秋兩季會舉行盛大的祭典儀式，總共有三十八個程式，有當地官員和有名望的人士來主持儀式。屆時為了遵循古禮，在廟內可以宰殺活牛，供民眾搶拔牛體上的毛，據說，此牛之毛象徵著聰明智慧。也許古老的春秋時代確有這種遺風，然而在幾千年後的今天，再用這種行

為來對孔子進行注釋，是否太野蠻了一些？嗚呼哀哉，對於那頭有智慧的牛來說。

我們的腳步又踏進了那座古老的三峽長福岩清水祖師公廟，大廟建於乾隆年間，以後在地震和戰火中被幾度摧毀，又幾度重建。此廟的特點是那些石雕木雕銅雕都非常精緻，故有「東方藝術殿堂」之美稱。也許還不僅僅是藝術，除了供奉著從西方取來的釋迦牟尼的佛教體系之外，各路中國的神仙也擠進了殿堂，或者說表達出從人到仙的條條路徑，歷朝歷代的名人神仙好像都能從那些雕像中找到，從封神榜，西遊記，三國演義，到二十四孝中的各類角色，從黃帝發明指南車到孔子問禮於老子，從勾踐的臥薪嚐膽到蘇武的異域牧羊，從岳飛的精忠報國到木蘭的代父從軍，或許能把中國的歷史一網打盡。是宗教還是歷史，是對神仙的崇拜還是對人物的敬仰，也許誰也說不清楚，中國文化有一個特徵，愛好包容，或者說喜歡綜合。臺灣有不少宗教都有這樣的嗜好，集儒釋道為一身，再添上天上地下古往今來的各路神仙，既包容又雜亂，信奉了一個宗教如同信奉了所有宗教，還有一個好處就是能在廟內的各路神仙面前燒香求拜，也許各種人生難題都能獲得解決，不亦樂乎。

佛光山大概是臺灣最現代化的佛教道場，依山造勢，氣勢恢宏，寺廟建築一改以前的磚木構造，而是採用鋼筋水泥築起高大雄偉的宮殿般的佛塔叢林。星雲法師誓將古老的佛教帶入「人間佛教」的當代意境中，其眼光猶如廟宇前伸展奔放的廣場。

無疑地，臺灣眾多的廟宇是中國古代文明的保留和延伸，既影響到臺灣民眾的思想，也讓他們的生活保持了一層寧靜平

和的實用主義色彩。如果和大陸相比較，雖然那些形形色色的宗教文化，大都是數百年來從大陸移栽過去的花朵，可是如今這些花朵在臺灣四處盛開，其古老的色彩似乎比大陸保留和維持得更加純粹和濃郁。

和那些代表古老文化的宗教廟宇相對襯的是臺北市摩天高樓——101大廈，據說其高度是世界第四位，那是臺灣現代化的象徵。

六、小鎮老街深處的文化

在臺期間，我們還走訪了幾處小鎮老街，嗅聞到了小鎮老街背後的文化底蘊。

漫步在淡水老街。據說淡水鎮的舊名為「滬尾」，因為淡水從前有許多捕魚的石滬。這讓我聯想到中國最大的都市上海，上海簡稱為「滬」，「滬」字通「戶」，「戶（繁體字）」就是古代的一種捕魚的設施。上海由「滬」這個小魚村發展為大都市，而由「滬」發展起來的淡水鎮卻讓一條老街慢慢地延伸著它的韻味。狹窄的街道和退色的老屋相映襯，讓人意想不到的是老街的盡頭別有洞天，幾幢古典的西洋建築深掩其中，一片校園區域隱藏其後，那是帶有百年痕跡和基督教色彩的「真理大學」，今天它仍然是臺灣莘莘學子嚮往的高等學府。

美濃地區的老街小巷內散發出陣陣客家人的文化氣息，這裏是臺灣客家人的重鎮，紅磚門樓裏隱藏著他們重視教育的習俗，聳立的紀念牌上卻標榜著清朝期間從這些街道上走出去

的金榜題名的文魁，進士等。因此這塊小小的鄉村土地卻有了「大學搖籃」美名。在這個小鎮附近有一個鍾理合文學紀念館。在那位鄉土老人細膩的講解中，我們瞭解到鍾理和是臺灣文學的前輩和開拓者。

以後我們還去臺南市參觀了國立臺灣文學館。文學館的建築已有百年左右。在一件件陳舊退色的作者手稿中，我們對臺灣文學有了更為深入和具體的瞭解，其內容可分為早期原住民的歌謠文化，明末鄭成功時期，清朝統治臺灣時期，日本佔領臺灣時期，及第二次世界大戰後，各個不同時期的文學面貌。並以看見「山海的召喚」，聽到「族群的對話」和共用「文學的榮景」為三大主題，表達了數百年來臺灣民眾的敘述。如果說每一個時期的政治統治是一陣陣鋪天蓋地的風塵，那麼文學卻以人性的力度穿透了這些風塵，透露出人心深處美麗的曙光。

那位導遊有這樣的說法：臺南和臺北相比，臺北展出的是現代化的都市風貌，而臺南更有文化底蘊，臺南有孔廟，有安平古堡，有美濃老街，有臺灣文學館，還聽說當年不少成功的大老闆也是在臺南發跡的。

從臺北到臺南，又經過高雄等地，再從臺南回到臺北，在短短的一星期內，我們的足跡也許走得太快，世界華文作家交流協會的采風活動結束了。我想以後我還會踏上這座美麗而有風情的大島，它給我留下了一個難忘的記憶。

當我在日月潭的湖光山色中看到了這座大島上的靈光，當我從燦爛的故宮博物館的文物真跡中體驗到中華民族文化的沉澱。於是，讓我的筆下從三萬六千多平方公里的土地上和圍繞

著它的藍色大海上，拼湊出幾幅動態中的圖形，和時光閃爍的
景觀。

左起心水、方浪舟、婉冰、沈志敏、洪丕柱等五位澳洲地區的作家合影。

✿ 曹蕙

本名曹志輝，七十年代出生，中國作家協會會員，湖南省青聯委員，湖南省美術家協會議委員會委員，現為湖南省文學藝術界聯合會文藝評論家協會副秘書長。作品散見於海內外數十個園地、如美國、澳洲等地華文報刊。

多次在全國獲獎。散文《懷想那個夏季》曾獲散文大賽一等獎。曾為報紙專欄撰稿人。先後公開出版有《生命的邀約》、《蕙葉集》、《讓心靈去旅行》、《讓傷痛美麗成花》、《不要輕言放棄》等書。TOM網、新浪網等多家網站曾以《出生於七十年代的陽光女作家》專題報導。入選《湘瀟文化名人》。散文《夢裏溱湖》入選2009全國中小學生「中華誦」夏令營誦讀篇目，先後在中央電視臺少兒頻道和中國教育電視臺播出。詩入選《2009年中國詩歌選》。2012年入選湖南省首屆文藝人才「三百工程」。

夢裏不知身是客

　　寫下這個篇名時，是初夏的夜晚。月疏風淨，窗外的香樟樹靜默著。一個人在電腦前，靜靜地敲打著鍵盤，憶起臺灣行，這麼多日子過去，沉澱下來的，依然是乾淨和美好。

　　去臺灣前，頗躊躇，聽親友說，臺灣比較破敗，不如國內的許多城市，不值得一去。而臺灣在我腦海裏刻下深刻烙印的，是小學課本裏的日月潭，是余光中詩中的鄉愁，是席慕蓉詩中開花的樹，是張曉楓、簡禎筆下安靜深婉的人事，是龍應台女士龍捲風一般對民眾喚醒的吶喊。

　　直到采風團日期臨近，才加急了簽證，從深圳飛往臺灣。

　　下了飛機，置身於這完全陌生的環境，恍惚間，有穿越時空之感。彷彿從喧囂之城回到一個單純、寧靜的地方。是的，比起國內鱗次櫛比的高樓大廈來說，臺灣的房屋的確算得上破舊了，如同沒落的貴族。

　　然而，接下來幾天的行旅，臺灣，在我這個文藝愛好者的眼裏，可謂世外桃源。從故宮到陽明山、到淡水，從臺北到高雄、到臺南，從佛光山到新竹，從故宮博物館到鶯歌陶瓷博物館，所行之處，映入眼簾的，不是金碧輝煌的瓊樓玉宇，而是

沁人心脾的文化元素。牆壁斑駁的庭院前，總有著素潔的花兒開放，讓人體會到晴耕雨讀的詩意生活。而高速公路兩旁的木棉花，開得熾熱而濃烈。在休憩處的化粧室內，潔淨到沒有一張廢紙，沒有一絲掉髮，溫馨乾淨。而且無一例外地，擺著精緻的花盆，或是綠蘿。而國賓大酒店的化粧室裏，懸掛的是兩副淡雅別致的墨竹。臺灣，這個只有400餘年漢字記錄的省份，歷經滄桑與磨難，卻仿如一厥詩經，款款從歷史深處走來，寧靜、質樸而又意境深遠。

古老的中華文化，散落於臺灣的每一處城市、每一處鄉村的角落。無聲無息地訴說著一個民族的尊嚴與榮光。尤其是漫步美濃小鎮，越往深處走，越覺得豁然開朗，有一種春日遲遲，卉木萋萋的感覺，讓人覺得溫馨而舒適。

鍾理和文學紀念館，就座落在這個偏遠的小鎮上。給我們當導遊的，是當地一位年逾七旬的老人，老得連牙齒都缺了，說話有些漏風。然而，正是那緩慢而低沉的語音，讓他的訴說平添了歷史的厚重感與滄桑感。從他的娓娓訴說裏，我們知道了香蕉是如何靠天收種的，那些果樹又是怎樣生長發育的。也知道了她大字不識的祖母，是怎樣用樸素的鄉間俚語，教會他做人的道理。

是日落時分，一輪金黃的落日在山間跳躍，時隱時現。我們坐在大巴上，紛紛用相機追逐著那一瞬的美麗，為她的美侖美奐而雀躍。下了車，步行去「老古的家」吃客家菜，一兩聲狗吠，彷彿喚醒了這清野鄉間的蛙聲蟲鳴，此起彼伏，顯得格外響亮。喝了店家自釀的酒，心裏有些微醺的喜悅。更讓人

訝異的是，在飯店的後院裏，竟收藏了許許多多美麗的雕刻作品。有側臥的美人魚，有懸空的茶壺。門口懸掛著一串銅鈴。我情不自禁地用手搖了一下，叮鐺環佩之聲，在滿園的花香中蕩漾開去。

那一刻，只願時光就此停住，在這個小村落裏，晴時，日出而作，日落而息，種些瓜果菜疏。雨時，在向陽的小房間，安靜地看書、作畫。這樣的日子，應是很愜意的罷？而那些遠遊的客家人，如何放得下這片故土，鄉愁，成為他們心中永恆的吟唱。

臺灣人，予我的印像，也大多是謙和有禮的樣子。文壇老大姐陳若曦對我們一行呵護有加，而華僑總會、僑務委員會、外交部、文化部那些負責接待的公務員，個個語聲輕柔、儒雅有禮。連酒店裏的服務生，都是不卑不亢的，安然有序地做著自己的工作。在家美飯店的早餐廳，一位年輕的女服務員，收拾起客人用過的餐具，也顯得非常自信的樣子。即將返程的那一刻，我拖著行禮箱，在飯店的電梯口。遇到一位保潔的阿姨，她自覺地退讓到一邊，甜甜地笑著打招呼：「歡迎下次再來」，仿若鄰家大姐。他們活得自在而安然，並不覺得自己的工作低人一等。

在桃園機場，排隊安檢的通道內，從繩底下鑽過去插隊的，分明是幾位手持粉紅臺灣通行證的中國大媽，她們旁若無人地大聲說著東北話，被一位機場工作人員當眾攔住，他大聲向其他安檢的遊客說：「你們見識到什麼叫陸客了吧？」被截住的大媽臉上訕訕的。那一刻，我也替她們而臉紅。然而，因

為此話的起因，是因為她們沒有遵守秩序。然而，臺灣某些人骨子裏的小家子氣，也由此可見一斑。因為對國內情況的不瞭解，令有些人以偏概全，認為有著五千年文明的中國大陸人，全是如此粗俗罷？與此同時，值得我們自省、反思的是，中國經濟的騰飛，帶來的只是物質相對豐盈，而與之相對應的，不是精神上的富足，而是信仰的日漸缺失。

在臺北機場偶遇盛放的蝴蝶蘭，散發著幽幽的花香，是我所喜歡的，遂端詳了半天。又踱到誠品書店，買下一本龍應台的《大江大海一九四九》，看到潸然淚下。

艾禹（左）與曹蕙合影。

寶島閃爍

 # 鄭毅中

　　鄭毅中太平紳士，現職電子工程師，潮洲人士，1947年生於越南西貢。1968年移居香港，1985年從香港移民澳洲定居墨爾本。曾任「維省印支華人相濟會」會長十一年，現任「澳亞民族電視台」台長十六年，「國父孫中山銅像委員會」主席十三年，「世界華文作家交流協會」常務顧問及兼任眾多社團理事、顧問或名譽顧問等。

　　獲得墨爾本蘇震西市長頒發2006年華人社區服務獎、2007年維州政府委任太平紳士、中華民國海外僑務委員會委任僑務顧問（2008～2016）、維州政府頒發2012年維州多元文化傑出社區服務獎。

　　鄭毅中在「澳亞民族電視台」兼任節目製作總監、錄影員、節目編輯、義工培訓、公關等；二十年來拍攝及廣播之錄影帶或DVD碟接近二千多卷，為墨爾本各社團活動留下非常重要的歷史影像記錄。

文化色彩特濃的臺灣采風團

　　我在2013年11月，接到世界華文作家交流協會的邀請，承約在2014年3月間隨該會訪問臺灣寶島，負責隨團錄影工作。我是該交流協會的常務顧問，故不好推辭，只能應充下來。

　　尚憶我曾經負責過數次大型活動的隨團錄影記者，這工作並不簡單。下旅遊車我是第一位，上旅遊車卻是最後一個；團員安坐休息，我要站立攝錄，團員在欣賞風景，我卻專注鏡頭，瞄準焦點，往往錯過流覽美麗的景物。團體拍照留念，裏面肯定是缺少了我。因為我要忙著為他們留下寶貴記錄，我希望能捕捉每一個可以作為留念的鏡頭，所以常常落伍，幸好未至於影響行程。

　　隨團記錄工作責任頗重，沒有一般旅遊的享受感。以前類似的大型隨團錄影活動經驗：第一次是在2002年帶隊訪問河南省電視臺舉辦的」走進世界」的採訪活動，第二次是在2003年參加馬來西亞航空公司舉辦之推廣東馬沙巴旅遊活動，第三次是在2004年參加臺灣禪機山唯心宗舉辦之第一屆世界華人祭祖大典。相隔了十年，這是第四次的大型隨團錄影工作。

每個訪問團都有其不同的行程安排，而世界華文作家交流協會之臺灣采風團，具有非常濃郁的臺灣獨特文化意識。例行的官方拜訪有：僑務委員會、文化部、外交部、華僑協會總會、特別造訪了秀威資訊出版公司，瞭解文化傳播事業的重要媒介運作過程。例如書籍的編輯、排版和印刷製作等等程式。這團參觀景點除三峽祖師廟、鶯歌陶瓷博物館外，還特別安排前往與臺灣文化發展有影響的文化遺跡和機構如：臺北士林官邸（蔣中正先生官邸）、方明詩屋。尤其是高雄美濃小鎮、鍾理和文學紀念館、民俗村、臺南孔廟、臺灣文學館、安平古堡（荷蘭總督府遺跡）、桃園慈湖兩蔣紀念雕塑文化公園、慈湖靈寢等等，真是獲益良多。

　　雖然我已經去過臺灣四、五次，但是以這次采風團見識最多，所以拍攝成果特別豐富，回來後錄製了四片DVD，讓團友們可以慢慢回味采風團的歡樂時光。

　　這次臺灣文化采風團訪問行程裏，對我說是第一次去的地方有臺北士林官邸（蔣中正先生官邸）、方明詩屋，高雄美濃小鎮、鍾理和文學紀念館、民俗村、臺南孔廟、臺灣文學館、安平古堡（荷蘭總督府遺跡）、桃園慈湖兩蔣紀念雕塑文化公園、慈湖靈寢及高雄佛光山新建的佛陀紀念館等，這些景點儘是與臺灣本土文化的發展有著非常重要的影響。其中臺南孔廟、是有非常濃厚的歷史文化價值，所以也拍錄了很多文物展品，幾乎忘了要採訪下一景點，給領隊投訴誤了整個行程時間表。隊友們都在車上等待我，上車後感覺很不好意思。後來我

們才知道，那天剛巧是孔子祭祀大會前一天，如果能安排第二天來參觀，那對此行更添風采，且能讓文友們為臺灣保存中國傳統文化作見證，我深深為錯過了如此重大文化紀念活動而惋惜。當天匆匆拍錄了很多籌備慶典需要的準備工作，也算是大有收穫。慈湖兩蔣紀念雕塑公園讓我留下很深印象，公園內豎立了幾百座前總統蔣介石先生的雕像，有立的、有坐的也有單一頭像的，形狀造型都不一樣。我一一都把他們拍錄下來，忙得不可開交。將來在有關臺灣政治人物節目製作的時候，這批錄影足可供很重要的參考資料，也算是另一意外收穫。但收穫非常豐厚的要算高雄美濃小鎮、鍾理和文學紀念館和臺灣文學館，這兩處的文物收藏展示臺灣本土文學創作歷程及早期的臺灣政治氣候。因為展品量大，行程安排時間少，很多珍貴歷史照片和文物都無法一一攝錄，對我來說實在是白走一趟，雖然入寶山不算空手回，可惜才撈得幾件珠寶，聊勝於無。（一笑）

其次要算安平古堡（荷蘭總督府遺跡），因為那裏展現了當年荷蘭軍隊及統治官員的生活方式，也把民族英雄鄭成功的雕像豎立在堡內，讓人們瞻仰懷念。並讓學生當時是誰把荷蘭軍隊趕出臺灣的事蹟，因此也算在精神上讓得到自我滿足。因為鄭成功的祖籍也是我的原籍福建莆田市，更讓我沾染光彩，為這偉大的同鄉驕傲。在參觀安平古堡那天，很多中小學都組織旅遊活動，讓新生代認識當年臺灣在荷蘭統治下的民生，也對鄭成功的貢獻作出更深入瞭解，是非常有說服力的歷史教學方法。

日月潭去了幾次，已經沒有新鮮感，但是這次確有意外收穫，前幾次忙著拍錄美麗的日月潭風光，對導遊的景點介紹都

不太留意。那天去得晚,整個日月潭都給濃霧籠罩著,拍錄效果不好,反而靜心聆聽導遊對周圍景點介紹,才知道日月潭很多建築物及設施都與前總統蔣中正伉儷有莫大生活上的連系。雖然是故地重遊,但是既豐富了對日月潭全面的認識,算是滿意的一程。

　　高雄佛陀紀念館,在十多年前也去過一趟,想不到現在新建的佛陀紀念館是如此雄偉莊嚴,展現出佛陀對世人的無限慈悲平等愛載,不論你是來自何方的貧賤富貴的遊客,都能在佛祖寶座下接受佛光加持,被佛陀慈悲的容貌所感化,心生學佛善行,增進人與人之間的和諧、愛心、達到佛化人間淨土的願望。

　　例行的旅遊點,最差應算是陽明山公園看櫻花;三月份這時期,櫻花盛放的季節已過,只剩下滿目瘦枝,和一些較普通的花卉,已看不到滿山滿樹的櫻花彩豔面貌,無奈的白白浪費寶貴時間在等待去下一景點。

　　第二差應算國立故宮博物館,我去過二次,每次都可以隨意細心鑒賞各樣歷史文物,可惜這次確意外地見到整個博物館都給來自大陸的遊客所淹沒;每個展覽視窗都有三四重人牆圍觀,無法靠近觀看,只好望窗興歎,走馬看人,消磨時間,到小賣部買點紀念品就算是來過國立故宮博物館,有如孫唔空「到此一遊」的精神,買點特別紀念品來彌補掃興的空虛。

　　這次的隨團錄影工作,我不是唯一的攝影團友,副秘書長林爽女士也是重要的隨團攝影員,我拍的都是活動影像,而她拍的有照片也有錄影,她帶著一部iPAD平版電腦,攝影效果很好,拍了團友的美麗相片,在當天晚上就利用酒店的無線網路

wifi通過電郵寄給團友，服務比我還要快要好，我也是在被服務的對象，通常我都是在拍攝別人，那有機會拍自己，這次有了林爽女士的拍攝服務，有幸地可以留下一些自己拍攝工作的記錄，也算是參加采風團的回報禮物。

訪問活動中，出了兩件小意外，第一件是洪丕柱副秘書長在走路時不留意地面的高低，跌了一跤，扭傷足背，在以後的行程都要負傷隨團完成這次采風活動，痛腳的感受，雖然不是我自己受傷，我也可以想像到是如何的痛苦，我衷心的祝福他，希望腳傷不要留下後遺症，成了風濕根源。

第二件是我替謝振煜副秘書長拍照時，用的是他給我的相機，一不小心失手將相機跌在地上，伸縮活動鏡頭卡住，不進不出，相機也擺工報消了。旅遊沒有相機留下美麗的回憶，又無法對朋友描述去過的地方，所以必須要買新相機，可惜在行程內沒有安排購物活動，買新相機無望，對謝先生來說，確是一件痛苦的事情。好在我有帶多一部Olympic數碼照相機，轉送給他作為回報他送我一套十冊專程從越南寄來的謝振煜作品全集，這樣可以圓滿彌補了這次小意外，也不帶來後遺症，比洪丕柱教授的意外幸運得多。

黃玉液秘書長對洪教授的腳傷耿耿於懷，在旅途中及在回國後均貼心慰問康復進度，讓大家都感受到黃秘書長的關懷和盡責。

這次有機會能夠隨同來自世界四大洲共十國的華文作家們，一起去探訪臺灣本土及了解外來文化在臺灣的發展，必須要感謝世界華文作家交流協會秘書長黃玉液先生對敝人的邀

請，讓我可以拍攝到美麗的寶島，也可以對臺灣的民俗風情更加深瞭解。將來澳亞民族電視臺在製作有關臺灣文化活動節目時，會有很大幫助，也讓我一次過能同來自世界十個國家的知名華文作家們認識、交流對生活上的體驗見解，那也是這次我應邀參加世界華文作家協會臺灣采風團的最有價值收穫。

更感榮幸的是黃秘書長要我這位從來不懂作文的門外漢塗鴉，如同其他作家般要「交功課」？對我來說本該藏拙才對，無奈黃秘書長鐵面無私，堅持原則，一再催稿，唯有硬著頭皮面對電腦胡亂敲鍵，貽笑大方是必然的了。拙文竟然能與十五位知名作家們的作品被收錄入這部采風團文集，真是讓敝人感到極意外的驚喜呢。

二〇一四年六月於墨爾本初冬

部份文友與原住民共跳活潑的舞蹈

世界華文作家交流協會臺灣采風團名單

名譽團長：墨爾本林見松名譽顧問

團長：墨爾本黃玉液秘書長

副團長：荷蘭池蓮子副秘書長

團友：日本三重荒井茂夫學術顧問、紐西蘭林爽副秘書長、昆士蘭洪丕柱副秘書長、越南謝振煜副秘書長、泰國曾心副秘書長、馬來西亞朵拉副秘書長、東京華純副秘書長、美國鳳凰城周永新副秘書長、新加坡艾禺中文秘書、墨爾本婉冰中文秘書、雪梨方浪舟公關、墨爾本沈志敏財務、湖南曹蕙文友、墨爾本鄭毅中台長。

世界華文作家交流協會
——臺灣采風團七日遊

艾禹記錄

16-3-2014

　　「臺灣采風團」由世界華文作家交流協會一行十六人，在團長黃玉液的帶領下，陸續抵達臺灣桃園機場，並被接送到臺北家美飯店。

　　當晚，財團法人海華文教基金會理事長吳松柏先生、特安排歡迎晚宴招待作家們，地點在立法院的康園餐廳。海華會的多位重量級人物，海外台商旅行社總經理尤正國先生，副委員長呂元榮先生和多位董監事，華僑協會總會委員林見松先生，總協調楊佳泓先生，知名作家陳若曦、詩人林煥彰、方明、白靈、前駐墨爾本經濟文化辦事處嚴克明處長、黃國楠秘書、宏全資訊公司蘇清得老師伉儷、李文慶會長等也受邀出席了此次盛會。

　　吳松柏董事長在宴會上歡迎大家的光臨，簡介海華文教基金會的成立和目的，推展華僑文化教育事業，提升華僑在海外的地位，同時在海外傳揚中華文化。基金會不但設立多項獎學金鼓勵華僑弟子，同時也協助海外文教團體及人士舉辦文教活

動。吳董事長也闡述了接待作家采風團的意義，目的是讓海外華人更深入瞭解臺灣，發掘臺灣之美。

團長黃玉液（心水）在會上衷心感謝基金會的周詳安排，並承諾讓來自10個不同國家的作家們、在回國後每人必須交上兩篇書寫臺灣見聞的作品，以進行進一步的文化交流。團長除了向主賓們詳加介紹出席作家們在交流會裏所擔任的各種不同職務外，也邀請吳董事長即席代表「世界華文作家交流協會」，頒發委任證書給所有出席的作家們。

吳松柏董事長特贈送匾額《金章玉句》給參訪團，我會團長則贈送錦旗一面互作留念。

席間，多位知名作家如陳若曦和林煥彰都做了簡單的發言，林煥彰還把親手畫的「馬」圖贈送吳松柏董事長及心水團長。

大家在一片熱鬧氣氛中度過一個難忘的歡迎晚宴。

僑務委員會歡宴采風團貴賓主合影，前排左起荒井茂夫、謝振煜、吳松柏董事長、張良民主任秘書、黃玉液、婉冰與池蓮子。

吳松柏董事長（右二）贈送「金章玉句」金牌予黃玉液團長、左一呂元榮副委員長、右為陳若曦教授。

17-3-2014

早上的行程為士林官邸和故宮博物院。

士林官邸坐落於臺北市中山北路五段與福林路口東南側，環境清幽，三面環山，佔地逾25公頃；蔣介石和夫人宋美齡到臺灣後，從1950年起多年居住於此。從1996年後，士林官邸逐漸對外開放，成為臺北熱門景點之一。

國立故宮博物院，簡稱故宮，故宮博物院或臺北故宮，又名中山博物院，是臺灣規模最大的博物館，同時也是世界上最負盛名的中國藝術品集中地。藏品數量超過69.6萬件，歷年吸引超過450萬人造訪，居全球第七位，為世界著名博物館之一。館內典藏可區分為書畫、器物和圖書文獻三大類別。

中午，華僑協會特在立法院的蓮田餐廳設宴招待采風團，協會總會理事長陳三井先生、王中導秘書長、僑務委員林見松、張國裕秘書，鄧蔚林委員，作家陳若曦，年輕作家林小萍，越南歸僑蒙天祥等都出席了此次的午餐宴，理事長陳三井先生歡迎作家團的來到寶島臺灣，並希望大家能在多天的行程中「發掘」臺灣的特點。

在陽明山觀賞百花盛開後，車子往石門洞方向行駛，讓我們盡賞北海岸風光的逶迤，在臨近傍晚時分，走入淡水商工和真理大學所在，一窺《不能說的秘密》的拍攝地點，繼續走入黃昏。

陳三井會長（右）贈送協會月刊予黃玉液、左為月刊總編輯陳若曦教授。

華僑協會總會歡宴、前座左起沈志敏、方浪舟、陳若曦、黃玉液、陳三井會長、婉冰、林小萍、池蓮子、林爽。

僑委會張民民主任秘書（左）贈送紀念品予黃玉液（心水）團長。

黃玉液（心水）團長贈送會旗予名譽團長林見松僑務委員（右）。

18-3-2014

采風團一早抵達位於新北市新莊區中平路的文化部大樓，並受到文化交流司王更陵司長和他所領導的團隊的熱情接待。

王司長首先對龍應台部長因要事不能出席而向采風團作家們致歉。

團長首先簡介世界華文作家交流會成立於2011年11月，這次的采風團共有16位來自世界各地的作家。交流會與其他文學團體的不同之處在於有很多的副秘書長，每一個國家就有一個代表。團長在席上介紹了采風團團員，並簡單的敘述了自己在1978年的怒海逃生記，如何影響今天在文學上的創作。

王司長簡介了文化部的理念，文化不為政治服務，政治相對該對文化服務。龍應台部長堅信文化政策的推行運作絕不為政黨改變而改變。

王司長請大家觀賞一部文化短片《後續的未來》，介紹臺灣的文化發展。

之後，大家進行了一場小小的交流對談。

來自澳洲昆士蘭的洪丕柱教授覺得臺灣的拼音系統有些混亂。

王司長解釋運用漢語或拼音，教育文建部都曾討論，一般上，在政府機構，都一致統一用拼音系統，而在民間則自發性的使用，比較沒有法令規定。

馬來西亞的朵拉發表自己對短片的感覺，認為臺灣對於各種不同文化，傳統或流行類都有很大的包容度；自己曾在80年代來過，當時覺得一切都很粗糙，但現在就算在忙碌的空間裏，文化似乎也無處不在，尤其是人，臺灣最美的風景就是人。

王司長謝謝朵拉的讚賞，文化部一直都試著把文化納入生活，一點一滴成其大美。

紐西蘭先驅報主編林爽說，紐西蘭是個很環保的國家，但來到臺灣後她也被震撼了，想起昨天傍晚在淡水聽到垃圾車的美妙樂聲，居民排隊出來有次序倒垃圾的情景，大贊市民的高素質。

荷蘭的池蓮子也對自己下機後在機場遺留錢包，很快就失而復得、找回失物的事件，對臺灣人文精神高尚讚不絕口。

王司長表示人文素質高，都因為有文字的力量，經過作家筆下的薰陶才能發揮作用。

一團人即席拍照留念，把最美好的一刻定格在記憶裏。

午宴由立法委員詹凱臣在立法院對面的蘇杭餐廳招待采風團，由於詹凱臣立法委員無法出席（後獲悉學生「太陽花運動」爆發），由副主任魏瑤妮女士負責接待，席間團長也把作協錦旗贈予魏瑤妮女士及贈予名譽團長林見松，作家團成員每人都獲一份由詹立法委員所贈送的精美禮物。

下午二時，采風團抵達秀威資訊公司，秘書長宋政坤、出版部經理林泰宏和主任編輯黃姣潔安排作家們參觀整個出版工序，以先進科技排版、印刷、裝訂，並詳盡解釋個別作家們的有關出版的各種疑難問題，讓作家們仿如在沙漠尋到綠洲，無

不雀躍歡喜。

「外交部非政府組織國際事務所（NGO）」是拜訪的第三站，執行長牟華瑋、副司長邱隆藤和其他長官接見了采風團。作家們首先觀賞了一部七分鐘介紹臺灣國情的短片《奮起行動、扭轉未來》，主要強調臺灣在軟實力方面的傳播，還有在經濟上與他國的合作，加入WTO和APEC等。

牟執行長對於組織會所擔任的要務做了詳盡的講解，從文化傳承到科技產品，國際援道都有參與。

臺灣的基本特色從明朝到現在受到了400年的文化衝擊。同時也受到很多國家文化的影響，但臺灣不管在任何一個領域適應性都很強。

邱副司長則認為在民主過程中意見有衝突是必然的，需要慢慢妥協達到共識。

團長黃玉液提到了辦采風團的目的，就是希望作家們能通過這次的行旅更進一步瞭解臺灣的自由民主，民風的純樸、人文素養的高尚。同時也希望作家們在回國後個別撰寫文章，出版一本合集《世華作家看臺灣》（暫名），相信這將是個最好的宣傳方法。

昆士蘭的洪丕柱教授則發表了他對臺灣的看法，來過多次，感覺臺灣本土的日益對外開放，但卻繼續保有中華文化的豐富底蘊和優良傳統。

采風團一行人於傍晚時分抵達方明詩屋，受到方明詩人的熱烈招待，林煥彰詩人稍後趕到，大家沉浸在充滿詩意的詩屋裏久久不願離去。

僑務委員會設晚宴招待，陳士魁委員長因公務纏身、特派張良民主任秘書代表歡迎，桌上嘉賓還包括海華董事長吳松柏先生，地點在臺大國際會議中心之田園餐廳。

　　張良民先生在致辭中提到藝文創作，無遠弗屆，是一份意義重大、傳播深遠的工作。而僑務的工作，正是希望下一代能把母語掌握好，繼續傳揚。僑教的基本工作除了讓僑胞能通過藝文活動互相交流，僑委會也希望能和世界作家多做近距離的交流。

　　團長代表世界華文作家交流協會、感謝海華文教基金會和僑務委員會的招待，更要感謝海華文教基金會董事長吳松柏先生的促成安排此旅。傳統文化的根深植臺灣，人民的生活、社會百態，所見所聞，都將成為采風團作家們書寫的題材。《世華作家看臺灣》將會結集出版，臺灣文化部已表示將支持。

　　海華董事長吳松柏先生為能再次與作家們歡聚感到高興，並重申僑委會非常重視作家們的蒞臨，希望作家們能有個愉快的旅程。

　　雙方贈送紀念品和錦旗以作留念。

　　晚宴後部分作家到101商場流覽，直至九時才結束一日的行程。

文化部內合影、前座右起荒井茂夫、池蓮子、王更稜司長、黃玉液、婉冰。

秀威資訊公司門外合影、前排右起黃姵潔主編、朵拉、婉冰、池蓮子、艾禺、曹蕙、林爽。

19-3-2014

　　采風團一行人清早前往臺北車站乘搭高鐵前往高雄左營，參觀佛光山。並在專人的帶領下，參觀佛陀紀念館，還受到佛光山副住持慧傳法師的親自接見，共坐品茗。

　　慧傳法師闡述了星雲大師於1967年蓋佛光山的經過，1998年，印度佛教沒落，星雲大師懷著要去舊復新之心，希望能使南北傳佛教互相大結合。星雲大師始終相信心中有佛，目中有人，一切都要以人為本，所以創立佛陀紀念館，以人為最大關懷。佛陀紀念館於2011年12月25日開光落成，至今已吸引一千萬人參觀。

　　團長非常感謝慧傳法師在百忙中抽空接見采風團成員，並提到曾在墨爾本採訪過星雲大師，離澳赴臺灣前、並獲雪梨佛光山住寺滿可法師贈送24本《百年佛緣》，對於星雲大師非常敬仰，並受其影響之後常去佛光山在墨爾本的道場和佛光緣圖書館出席相關活動。

　　離別之際作家們都獲贈星雲大師最新著作，詩歌集《詩歌人間》。

　　下午前往美濃，參觀鍾理和文學紀念館，講解員「老爹」詳盡地介紹了有關鍾理和的生平和家族史，讓人不得不佩服老人家知識的淵博，這位自嘲也是「詩人」的老爹原來還是「蕉園人」，只因為他曾經是種香蕉者。

　　夜宿高雄愛河旁的五星級酒店，愛河在夜裡、兩岸燈火繽紛，只可惜部分地帶正裝修，不能一路走完，留下些許遺憾。

高雄佛光山副住寺慧傳法師、贈送星雲大師詩集予黃玉液團長

覺莊法師與采風團作家們合攝於高雄佛光山廣場、右一黃玉液秘書長。

世界華文作家交流協會 193

前往臺南，第一站是參觀臺南孔廟。

有「全台首學」之稱的臺南孔廟落成於明永曆二十年（1666年），是全臺灣建成的第一座孔廟，也是鄭成功收復臺灣後在臺灣建立的第一所高等學府。因為在此之前，臺灣沒有任何比較正規的中國文化教育設施（比如私塾、學校之類的），因此，臺南孔廟的建立標誌著儒學正式進入了臺灣，成為臺灣教育發展史上的一個重要里程碑。它掀開了臺灣教育史嶄新的一頁，中華傳統文化及教育由此在臺灣島上傳播開來。

第二站是國立臺灣文學館，公共服務組的專案助理林宜昌先生詳盡的介紹了文學館的前身，最初是日治時期之「臺南州廳」，第二次世界大戰一度改為「空軍後勤司令部」，最後成為臺南市政府所在地，2002年底經過修復重建，2003年10月17日文學館正式開館營運。

文學館的工作包括文學發展研究、文學文物史料收集和收藏、文學網站的成立、策劃文學史料和作家文物展覽，還有推廣，出版和培育人才。

第三站為安平古堡，為荷蘭人在1624年所建，當時稱為熱蘭遮城，俗名紅毛城或番仔城，是臺灣最早的一座城池，現被列為國家一級古跡。

下午驅車前往日月潭，氣溫開始驟降，日月潭位於南投縣魚池鄉日月村，為日潭和月潭之合稱，是臺灣第二大湖泊及第

一大天然湖泊和發電水庫。自然生態豐富。日月潭也是臺灣原住民邵族的居住地。

　　坐上遊艇在黃昏薄霧中繞潭觀賞，怡人景致盡收眼簾。

　　夜宿日月潭邊的景聖樓大飯店。

前排左一文學館專案助理林宜昌先生與全體作家們合影於文學館大門前。

21-3-2014

　　離開日月潭，經過三小時的車程，來到桃園慈湖，參觀慈湖兩蔣文化園區。慈湖紀念雕塑公園共展示蔣介石共152座雕像，名為「傷痕與再生」。慈湖原稱埤尾，蔣介石愛該地的景致像故鄉，於1959年完成「慈湖行館」，並為思念慈母，於1962年改名為慈湖。慈湖除了謁靈，最重要的觀光點是衛兵的換班儀式，每個鐘點一次，吸引了大批遊客圍觀。

　　下午前往參觀鶯歌陶瓷博物館，博物館在2000年11月26日正式開館，是臺灣第一座以陶瓷為主題的專業博物館，藏品超過2500件，典藏範圍以太網陶瓷史為發展軸線，包含早期民用陶瓷、現代藝術陶瓷，鶯歌本地製作之陶瓷，並包含相關文獻資料。

　　之後前往三峽祖師廟及老街一轉，再前往土城用晚餐，正式結束了整個行程。

22-3-2014

　　采風團作家們互道珍重再見，離開寶島臺灣。

釀文學176　PG1239

 寶島閃爍
　　——世界華文作家看臺灣

編　　者	世界華文作家交流協會
責任編輯	林千惠
圖文排版	賴英珍
封面設計	蔡瑋筠

出版策劃	釀出版
製作發行	秀威資訊科技股份有限公司
	114 臺北市內湖區瑞光路76巷65號1樓
	電話：+886-2-2796-3638　傳真：+886-2-2796-1377
	服務信箱：service@showwe.com.tw
	http://www.showwe.com.tw
郵政劃撥	19563868　戶名：秀威資訊科技股份有限公司
展售門市	國家書店【松江門市】
	104 臺北市中山區松江路209號1樓
	電話：+886-2-2518-0207　傳真：+886-2-2518-0778
網路訂購	秀威網路書店：http://www.bodbooks.com.tw
	國家網路書店：http://www.govbooks.com.tw
法律顧問	毛國樑　律師
總 經 銷	聯合發行股份有限公司
	231新北市新店區寶橋路235巷6弄6號4F
	電話：+886-2-2917-8022　傳真：+886-2-2915-6275

| 出版日期 | 2015年2月　BOD一版 |
| 定　　價 | 380元 |

國家圖書館出版品預行編目

寶島閃爍：世界華文作家看臺灣 / 世界華文作家交流
協會著. -- 一版. -- 臺北市：釀出版, 2015.02
　　面；　公分
　BOD版
　ISBN　978-986-5696-58-0 (平裝)

839.9　　　　　　　　　　　　　　　103023624

讀 者 回 函 卡

感謝您購買本書，為提升服務品質，請填妥以下資料，將讀者回函卡直接寄回或傳真本公司，收到您的寶貴意見後，我們會收藏記錄及檢討，謝謝！
如您需要了解本公司最新出版書目、購書優惠或企劃活動，歡迎您上網查詢或下載相關資料：http:// www.showwe.com.tw

您購買的書名：_____

出生日期：_____年_____月_____日

學歷：□高中 (含) 以下　　□大專　　□研究所 (含) 以上

職業：□製造業　□金融業　□資訊業　□軍警　□傳播業　□自由業
　　　□服務業　□公務員　□教職　　□學生　□家管　□其它_____

購書地點：□網路書店　□實體書店　□書展　□郵購　□贈閱　□其他

您從何得知本書的消息？

　　□網路書店　□實體書店　□網路搜尋　□電子報　□書訊　□雜誌
　　□傳播媒體　□親友推薦　□網站推薦　□部落格　□其他_____

您對本書的評價：（請填代號　1.非常滿意　2.滿意　3.尚可　4.再改進）

　　封面設計____　版面編排____　內容____　文／譯筆____　價格____

讀完書後您覺得：

　　□很有收穫　□有收穫　□收穫不多　□沒收穫

對我們的建議：_____

_____

_____

_____

11466
台北市內湖區瑞光路 76 巷 65 號 1 樓

秀威資訊科技股份有限公司　　　收

BOD 數位出版事業部

．．．

（請沿線對折寄回，謝謝！）

姓　　名：＿＿＿＿＿＿＿＿＿＿　年齡：＿＿＿＿＿　性別：□女　□男

郵遞區號：□□□□□

地　　址：＿＿＿＿＿＿＿＿＿＿＿＿＿＿＿＿＿＿＿＿＿＿＿＿＿

聯絡電話：(日) ＿＿＿＿＿＿＿＿＿＿＿　(夜) ＿＿＿＿＿＿＿＿＿＿＿

E-mail：＿＿＿＿＿＿＿＿＿＿＿＿＿＿＿＿＿＿＿＿＿＿＿＿＿